Les parents de Roxanne sont riches... TRÈS RICHES ! Et lorsqu'elle décide d'organiser une petite fête, c'est tout sauf... UNE PETITE FÊTE !

4-Trine et Zoé étaient donc très excitées quand les parents de Roxanne ont décidé de célébrer son anniversaire avec un SUPER COOL BAL COSTUMÉ !!!

L'occasion sera PARFAITE, pour elles, d'offrir en cadeau à leur amie qui possède tout... LA PEUR DE SA VIE !

Boomerang Éditeur jeunesse

ISBN : 2-89595-157-8

Gouvernement du Québec - Programme de crédit d'impôt pour l'édition de livres - Gestion SODEC

Boomerang éditeur jeunesse remercie la SODEC pour l'aide accordée à son programme éditorial.

Imprimé au Canada
Dépôt légal : Bibliothèque nationale du Québec, 3e trimestre 2005
Dépôt légal : Bibliothèque et archives Canada, 3e trimestre 2005

Boomerang éditeur jeunesse inc.
Québec (Canada)

Courriel : edition@boomerangjeunesse.com
Site Internet : www.boomerangjeunesse.com

Texte et illustrations par Richard Petit

Modèles numériques fournis par : Daz 3D, Renderosity, HandspanStudio, ThorneWorks, Patrick A. Shields, TrekkieGrrrl, HIM666, Amber Jordan, Maya, Laura Gilkey, 3dmodelz, Aya-Zoozi, Poism, Jen, Jaguarwoman, Uzilite, Nymesis, Epken, HMG Designs, Quarker, Anton's FX, 3D Universe, Hankster, Gerald Day, Palladium 17, HMann et plusieurs autres…

Il était 2 fois...

J'ai un peu le trac !

Bon ! Alors c'est moi qui vais lui expliquer. Il était 2 fois... est un roman TÊTE-BÊCHE, c'est-à-dire qu'il se lit à l'endroit, puis à l'envers.

NON ! NE TE METS PAS LA TÊTE EN BAS POUR LE LIRE... Lorsque tu as terminé une histoire, tu peux retourner le livre pour lire l'autre version de cette histoire. CRAQUANT, NON ? Commence par le côté que tu désires : celui de 4-Trine ou mon côté à moi... Zoé !

J'peux continuer ? BON ! Et aussi, tu peux lire une histoire, et lorsque le texte change de couleur, retourne ton livre. À la même page de l'autre côté, tu vas découvrir des choses...

Deux aventures dans un même livre.

Tu crois qu'elle a capté ?

CERTAIN ! Elle a l'air d'être aussi brillante et géniale que nous...

nous allons commencer par les présentations
non mais, quelle tête!
ZOÉ
4-Trine
Chouchoute du prof!!!
ARCHI FAUX!
qui a écrit ce mensonge odieux?
Je vais le dire au prof...
Euh! Laissez faire!
4-Trine, avant c'était Catherine...
Elle est la preuve qu'il y a de la vie sur une autre planète...
BLAGUE
ma meilleure chumie!
ALEX
Si tu le trouves mignon, prends un numéro, car tu n'es pas la seule...
FRÈRE DE ZOÉ
Bon! elle... c'est notre prof...
Gentille? Des fois oui!
Capucine ou méchante capu
C'est la chatte de... 4-Trine! Tu as deviné à cause des pics roses sur sa tête, hein?
Poupou Vaudée
Sert à jeter toutes sortes de sortilèges... AUX GARÇONS!
COOL!
Poupoulidou est un petit extraterrestre qui ne désire qu'une chose : anéantir la race humaine... Mais sa maman ne veut pas car ça n'est pas bien!

UT ! nous retrouvons Zoé qui discute avec 4-Trine dans sa chambre. EH OUI ! tu as manqué le début de l'histoire. Il fallait commencer à lire ce roman avant, c'est tout...

— ARRÊTE DE MANGER DES CROUSTILLES ET AIDE-MOI À ME TROUVER UN DÉGUISEMENT ! crie Zoé à 4-Trine, qui ne cesse de s'empiffrer.

— MMMMMMHHH ! essaie de répondre 4-Trine, la bouche pleine...

YARK !

— Tu es complètement dégueulasse, lorsque tu parles comme ça, le savais-tu ? grimace Zoé en regardant ailleurs...

— Moi, j'ai trouvé le costume que je vais me fabriquer, lui dit 4-Trine. Je serai une extraterrestre MÉGA COOL qui pulvérise tout le monde avec son pistolaser...

— Moi, je n'en ai aucune idée. Un monstre, une super héroïne... *RRRRRR !* JE NE LE SAIS PAS ! rage-t-elle, découragée.

— N'oublie pas qu'il y a un trophée pour le meilleur costume, lui rappelle 4-Trine. FORCE-TOI DONC UN PEU ! Essaie de trouver quelque chose qui reflète ta personnalité. Je ne sais pas moi, tu es gentille, généreuse et attentionnée. Tu pourrais peut-être te déguiser en Belle au bois dormant, en Cendrillon ou, OUAIS ! en guichet de banque !!!

— Non ! Tiens, je vais plutôt me déguiser en personne idiote, lui lance-t-elle. Je vais me déguiser en... TOI ! Avec des lulus ridicules.

TUT ! TUT ! TUT !

— Ne t'énerve pas ! lui suggère 4-Trine. C'était seulement pour rigoler.

Zoé lève la tête et sourit.

— TU AS TROUVÉ ? dit alors son amie. Comment vas-tu te déguiser ? EN QUOI ? DIS-LE-MOI !!!

— NON ! C'EST UNE SURPRISE ! lui répond-elle avec un grand sourire aux lèvres.

— CE N'EST PAS JUSTE ! pense 4-Trine. Zoé sait de quelle façon je vais me déguiser, mais pas moi. Lorsqu'elle décide de garder quelque chose en secret, il n'y a pas moyen de savoir... OUI ! Il y en a un... L'ESPIONNAGE !!!

— Bon, alors écoute, Zoé, lui dit 4-Trine d'une manière un peu louche. Moi, je dois terminer mon costume et j'ai encore pas mal de choses à bricoler, et tu sais que c'est demain qu'aura lieu cette fête.

Alors je te laisse. Toi aussi tu dois préparer ton COSTUME SECRET !

BYE !

4-Trine quitte rapidement la chambre de son amie.

Sur le trottoir, elle marche quelques secondes et s'assure que Zoé ne l'observe pas par sa fenêtre… NON, PARFAIT ! Elle se propulse dans l'allée.

Le dos collé au mur, elle attend quelques secondes avant de monter sur le toit de la remise. SUPER ! La fenêtre de la chambre de Zoé se situe juste devant elle.

Cachée par les feuilles de l'arbre, 4-Trine surveille la fenêtre de son amie sans toutefois l'apercevoir.

— Mais où est-elle ? se dit 4-Trine, impatiente.

Zoé n'est nulle part en vue…

Un craquement survient au même instant !

CRAAAC !

— Oh non ! constate 4-Trine, effrayée. On dirait que quelqu'un rôde autour de la remise…

Elle s'approche lentement du côté d'où provient le bruit et arrive face à face avec un terrifiant et super laid... ZOMBI !!!

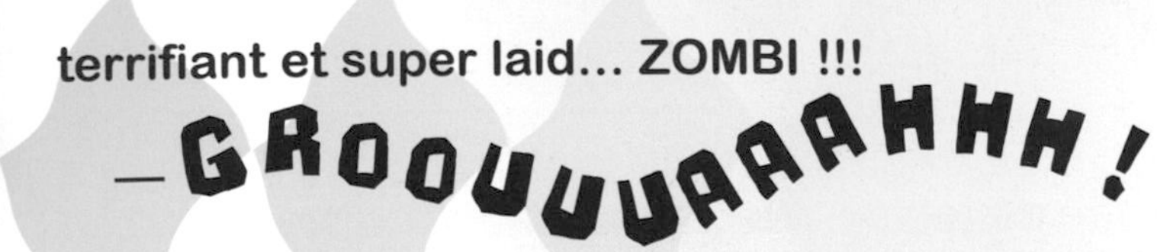

grogne l’effroyable monstre.

— AAAAAAAHHH ! hurle 4-Trine en tombant à la renverse.

BANG !

Zoé éclate de rire...

Sur le dos, 4-Trine devine que son amie se cache derrière ce masque.

— T'ES COMPLÈTEMENT FOLLE ! l'engueule-t-elle. J'aurais pu tomber en bas et me casser le cou...

— Tu aurais pu aller chez toi aussi, au lieu de me mentir, la corrige Zoé en enlevant le masque.

— T'ES PAS DRÔLE ! hurle-t-elle.

Le cœur de 4-Trine bat à tout rompre.

Zoé regarde le masque de zombi et cesse de rire subitement.

— Quoi ? Qu'est-ce qu'il y a ?

— Je viens d'avoir une idée ! lui répond Zoé. Une idée... ABOMINABLE !

— UNE AUTRE ! fait 4-Trine. Deux idées dans la même journée. OH LÀ LÀ ! TOUTES MES FÉLICITATIONS À TON CERVEAU !

— Je sais ce que nous allons offrir à Roxanne pour sa fête, lui annonce Zoé.

— Qu'est-ce qu'on peut lui offrir qu'elle ne possède déjà ? se demande 4-Trine. Ses parents sont très riches, et Roxanne a tout, TOUT ce qu'elle désire.

— L'AVENTURE ! répond Zoé. Demain soir, nous allons lui offrir...

LA PEUR DE SA VIE

— LA PEUR DE SA VIE ??? Explique...

— Tu sais que mon frère Alex collectionne les

masques. Il en possède plein, lui explique Zoé. Certains proviennent même d'Hollywood et ont l'air TRÈS RÉEL ! Je sais qu'il a plusieurs masques et costumes d'extraterrestres, alors demain, pendant la fête, je vais proposer de jouer à *Secret ou châtiment*, question de s'amuser. Tu sais que ce genre de jeu est complètement débile, surtout lorsque tout le monde est costumé.

— Oui, et après ? insiste 4-Trine, qui veut comprendre.

— Je vais demander à mon frère Alex de se costumer en extraterrestre et d'effrayer Roxanne lorsqu'elle ira dans les bois pour subir son châtiment.

— OUI ! OUI ! poursuit 4-Trine en modifiant sa voix. « Terrienne, je suis ici pour te capturer et t'emmener sur ma planète pour faire toutes sortes d'opérations diaboliques sur toi. » ETC. !

— se réjouit Zoé. Elle va se rappeler notre cadeau toute sa vie. Moi, je m'occupe de convaincre mon frère, et toi, tu dois trouver quelque chose qui ressemble à une soucoupe volante que tu vas cacher entre les arbres tout près de la clairière...

— Ah ouais, une soucoupe volante ! Et c'est tout ? Mais tu es complètement dérangée ! Où est-ce que je peux trouver UNE SOUCOUPE VOLANTE ? Ah ouais ! bien sûr, chez le marchand de soucoupes

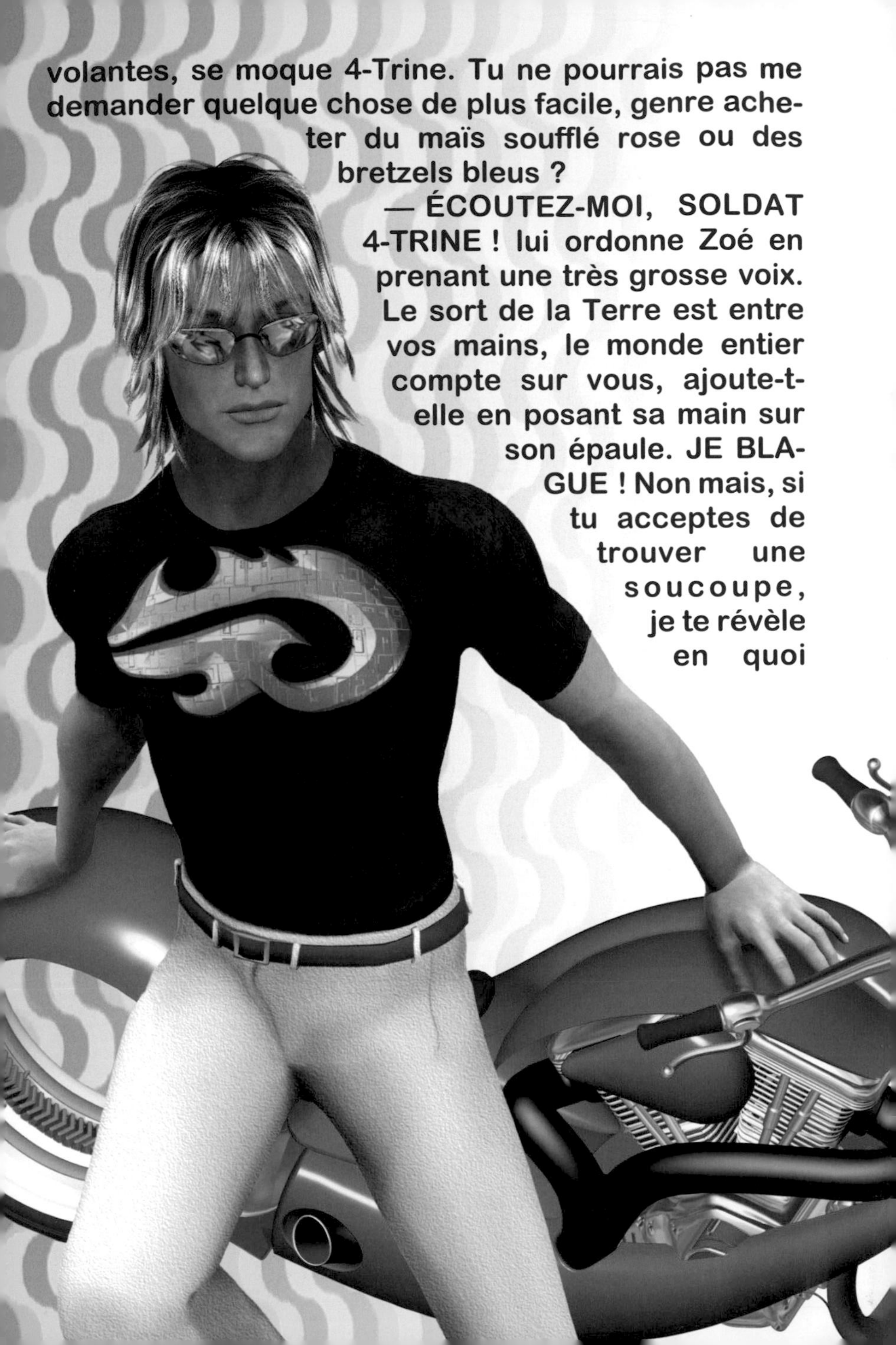

volantes, se moque 4-Trine. Tu ne pourrais pas me demander quelque chose de plus facile, genre acheter du maïs soufflé rose ou des bretzels bleus ?

— ÉCOUTEZ-MOI, SOLDAT 4-TRINE ! lui ordonne Zoé en prenant une très grosse voix. Le sort de la Terre est entre vos mains, le monde entier compte sur vous, ajoute-t-elle en posant sa main sur son épaule. JE BLAGUE ! Non mais, si tu acceptes de trouver une soucoupe, je te révèle en quoi je vais me déguiser demain soir...

4-Trine regarde Zoé et sourit.

— J'accepte, général de la galaxie des croûtons de pain pourri... Alors ???

— EN FÉE !!! lui dit Zoé.

4-Trine sourit et quitte son amie.

Alex, le frère de Zoé, arrive en moto.

VROOOOOOOUUUUMMMMM !

Assis sur son bolide, il enlève son casque lorsqu'il aperçoit 4-Trine.

— Tu sembles pressée, 4-Trine, remarque Alex lorsqu'elle passe tout près de lui. Qu'est-ce que tu magouilles encore avec ma sœur ?

— **MAGOUILLER** !!! s'arrête 4-Trine. Ça veut dire quoi, *magouiller*, parce que moi, tu vois, je ne suis pas encore arrivée à la lettre *M* dans mon dico, alors je ne sais pas.

— Tu sais que tu as une très mauvaise **ATTITUDE...**

— Je viens de te dire que je ne suis pas encore rendue à la lettre *M*, alors je ne sais pas non plus ce que ça veut dire *mauvaise*.

4-Trine fait une grimace très dégoûtante à Alex en s'éloignant. Sur le trottoir, elle marche rapidement et réfléchit.

— Une soucoupe volante ! Une soucoupe volante ! se répète-t-elle. Plus facile à dire qu'à trouver...

Elle fait encore quelques pas, puis s'arrête subitement.

— JE SAIS ! se réjouit-elle, contente d'avoir trouvé. ANTOINE ! Il peut bricoler à peu près n'importe quoi, et en plus, je crois qu'il a mon prénom tatoué sur le cœur... Je sais très bien que ça va me coûter un petit bec sur la bouche, mais si c'est ce que ça prend pour se procurer une soucoupe volante...

4-Trine court, traverse le parc et arrive rapidement à la maison d'Antoine où elle sonne.

Un petit garçon timide portant des lunettes plutôt épaisses ouvre la porte.

— Bonjour 4-Trine, dit le garçon tout bas. Tu es très jolie aujourd'hui, et ta présence embellit notre maison comme une fleur dans un jardin.

4-Trine soupire.

— Antoine, combien de fois t'ai-je dit que ça m'énervait lorsque tu me parlais comme ça ?

— Pardon ! fait-il, gêné. Qu'est-ce que je pourrais bien faire pour qu'apparaisse sur ton magnifique visage... UN SOURIRE !

4-Trine soupire encore une fois...

— Toutes les filles de la classe m'ont dit que tu brûlais d'envie d'aller à la fête de Roxanne avec moi, est-ce que c'est vrai ?

Antoine devient tout rouge... ÉCARLATE !

— BON ! fait 4-Trine. Ça semble être un TRÈS GROS OUI, ça... Alors j'ai un marché à te proposer... ET CESSE DE ROUGIR, C'EST TRÈS LAID AVEC TON POLO JAUNE POUSSIN !!!

TOULOULOULOULOULOU !

C'est le téléphone qui sonne dans la chambre de 4-Trine. Elle regarde l'afficheur : « ZOÉ ».

Elle décroche le combiné...

— **PIZZÉRIA DÉGUEULINO, BONJOUR !** répond-elle. Je peux prendre votre commande, madame. Ce sera comme d'habitude, une grande pizza garnie de nounours gummis, de guimauves, de pastilles pour le rhume et de beurre d'arachide ?

— **ARRÊTE !** la supplie Zoé. Je vais être malade... J'ai une bonne nouvelle : Alex a accepté de faire l'extraterrestre demain soir.

— MÉGA COOL !

— Ouais ! mais il y a deux conditions...

— DES CONDITIONS ! Quelles conditions ?

— Il faut que tu te coupes les cheveux et que tu acceptes de changer ton nom pour Anatoline Grossebidou...

— DIS-LUI QU'IL AILLE SE BROSSER LES DENTS AVEC DES CROTTES DE PIGEONS ! hurle 4-Trine dans le téléphone. IL N'EN EST PAS QUESTION !

— Poisson comme toi, il n'y en a pas deux ! ricane Zoé. Je déconne, c'est pour rire ! Non mais, sérieusement, Alex a accepté.

— **PARFAIT !** fait 4-Trine, rassurée.

— Et pour la soucoupe volante ? demande Zoé. Tu l'as trouvée ?

— C'est réglé ! Antoine va nous construire le plus beau des vaisseaux spatiaux.

— En échange de quoi ?

— TU NE VEUX PAS LE SAVOIR ! l'assure 4-Trine. Écoute, j'ai beaucoup à faire, et toi aussi. Je dois te laisser. Rendez-vous demain devant la chocolaterie à 21 h tapantes.

— DAC ! lui répond Zoé.

Mais qu'est-ce que c'est que ce truc qui file à toute vitesse ?

C'EST LE TEMPS QUI PASSE...

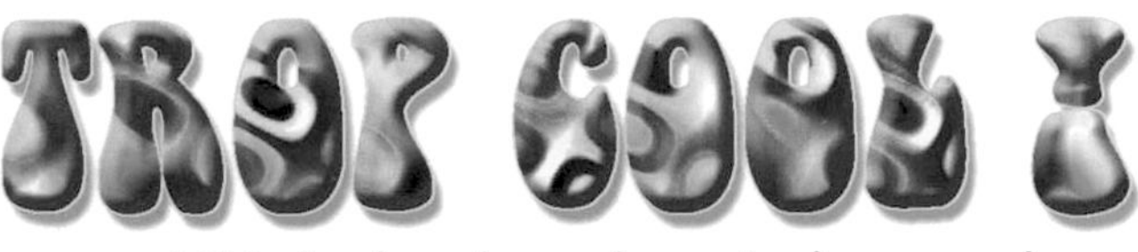

Nous sommes déjà le lendemain, et dans quinze minutes va débuter le bal costumé...

Devant la chocolaterie, Zoé aperçoit 4-Trine qui arrive.

— WOW ! SUBLIME ! fait Zoé en apercevant son amie. Tu es très « ASTRO MODE » ! Et ton pistolaser, il fonctionne ?

— Il projette des CŒURS LUMINEUX !

4-Trine appuie sur la gâchette...

BILOU ! BILOU ! BILOU !

— FABULEUX ! s'exclame Zoé.

— ET TOI ! fait 4-Trine à son tour. Tu es la plus belle fée parmi toutes les fées...

— MERCI ! dit Zoé, un peu gênée. Et tu as vu ? J'ai un sceptre d'enchantement. Il paraît que c'est très tendance chez les fées...

— NOUS AVONS TOUTES LES DEUX DES CHANCES DE GAGNER LE PRIX DU MEILLEUR COSTUME !!! disent-elles en même temps.

Elles partent à rire puis, bras dessus, bras dessous, se dirigent vers la maison de Roxanne sous les regards curieux des gens amusés...

Sur le trottoir d'une rue achalandée, une vieille dame vêtue d'une robe à pois roses et coiffée d'un chapeau à plumes tente en vain de traverser la rue. Zoé et 4-Trine l'aident, et la vieille dame continue son chemin.

— Merci ! leur dit-elle d'une voix toute tremblotante.

— Tout le plaisir était pour nous, m'dame...

Devant la magnifique maison de leur amie se dressent de splendides lampadaires multicolores. Pour l'occasion, le père de Roxanne a mis des ampoules de couleurs différentes. Ça donne tout un air de fête à l'endroit.

Fébriles, Zoé et 4-Trine gravissent les marches qui conduisent au jardin aménagé pour la soirée. À l'entrée, elles sont arrêtées par deux hommes en complet noir. Ils portent tous les deux des verres fumés noirs... C'EST TRÈS INTIMIDANT !!!

— MOT DE PASSE S'IL VOUS PLAÎT ! grogne l'un d'eux.

Zoé et 4-Trine se regardent et arborent une mine surprise...

— MOT DE PASSE !!! répète Zoé.

— Mais ! Il n'a jamais été question d'un mot de passe ! essaie de comprendre 4-Trine. Même sur le carton d'invitation que Roxanne nous a remis à l'école.

— Personne ne peut avoir accès au site de cette soirée sans le mot de passe, précise le deuxième homme, inflexible.

Dépitée, Zoé ferme les yeux.

Quelqu'un s'esclaffe derrière le mur. C'EST ROXANNE !!!

— JE VOUS AI BIEN EUES ! s'exclame-t-elle. Comme j'aurais aimé avoir un appareil-photo ! Surtout toi, Zoé, tu étais tellement drôle...

— GNAN ! GNAN ! fait Zoé.

4-Trine sourit.

— COMPLÈTEMENT GOTHIQUE TON COSTUME DE VAMPIRE ! dit-elle à Roxanne. Tu ne vas pas nous mordre et boire notre sang, HEIN ?

— NON ! avec ces fausses dents en plastique, la seule chose que j'arrive à boire, c'est du punch rouge à je ne sais pas trop quoi...

— Ah ouais, pour ton cadeau..., commence Zoé.

— LAISSEZ FAIRE LES CADEAUX, LES FILLES ! les interrompt Roxanne. Vous êtes ici, tout le monde est ici et c'est ce qui me remplit de joie... VENEZ !

À FOND LA MUSIQUE !

Tous les jeunes du quartier ont été invités. Au loin, Zoé aperçoit sur la piste de danse un crocodile qui rappe sous les rires d'un loup-garou, d'un robot et d'une sirène qui l'entourent.

— Là-bas, il y a la plus grande collection de croustilles au monde, les jus, enfin, la bouffe, leur montre Roxanne. La piste de danse couvre la plus vaste partie du jardin. Si vous voulez vous reposer après avoir dansé comme des diablesses, il y a des fauteuils et des chaises dans ce coin-là. Mais c'est le coin plate de la fête. **ALLEZ ! ÉCLATEZ-VOUS !!!** J'ai d'autres invités qui arrivent...

Zoé sourit à son amie Roxanne.

— Moi j'ai faim ! annonce Zoé. Je vais faire une petite razzia au musée de la bouffe.

— Moi, je veux ABSOLUMENT savoir qui se cache sous ce costume de crocodile, dit 4-Trine. Non mais, c'est **TRÈS HIP** de danser aussi bien... À PLUS !!!

Curieuse, 4-Trine s'approche de la piste de danse. Le crocodile tourne rapidement sur le dos, les quatre pattes en l'air. Plusieurs applaudissent...

CLAP ! CLAP ! CLAP ! CLAP !

— Pas mal ! lui dit-elle. Est-ce que tu peux faire cela ?

La musique devient plus forte juste comme 4-Trine se place au centre de la piste. Tous les jeunes forment un grand cercle, car ils savent que 4-Trine est la *TOP* de l'école pour danser.

LE SPECTACLE VA COMMENCER !!!

Elle pose sa main sur le sol, fait une vrille et culbute pour atterrir sur une jambe dans un parfait équilibre.

Le crocodile, immobile, l'observe, probablement ébahi sous son masque, mais ça, personne ne peut le voir.

4-Trine appuie sur la gâchette de son pistolaser et se met à tourner très rapidement en bougeant ses bras. De magnifiques formes lumineuses apparaissent tout autour, tels des feux d'artifice...

Tous les jeunes font la vague, y compris le crocodile.

Essoufflée mais heureuse de sa performance, 4-Trine fait une révérence et un grand sourire au croco, puis quitte la piste de danse.

J'AI SOIF !

En route vers la distributrice de jus, elle est arrêtée par un... ESCARGOT GÉANT !

OUAAAH !

— Bonsoir, déesse de mes rêves les plus fous ! dit l'escargot. Très, très joli votre costume d'extraterrestre. Mais je savais qu'une telle beauté n'était pas d'origine terrestre...

— ANTOINE ! Franchement, tu aurais pu trouver autre chose qu'un dégoûtant escargot.

4-Trine s'approche de lui, lorsqu'elle capte une odeur étrange.

— Et puis, c'est quoi ce parfum dont tu t'es COMME inondé la coquille...

— DE L'AIL !

— DE L'AIL ??? POURQUOI ?

— Je suis un escargot à l'ail.

— SUPERBE !!! Quel couple nous allons faire : une extraterrestre et un escargot...

— À L'AIL !!! ajoute Antoine.

— Et la soucoupe volante ? Tout est prêt ?...

— Oui ! je l'ai placée où tu le voulais, dans la forêt.

— PARFAIT ! Je te laisse quelques minutes, car je dois aller aux toilettes. Ne t'en fais pas, je vais revenir...

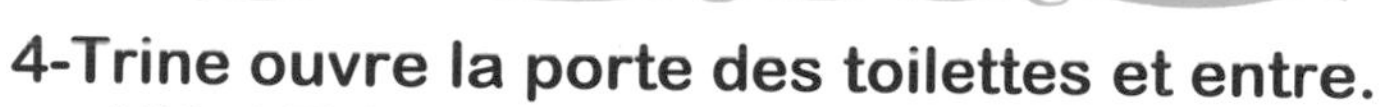

4-Trine ouvre la porte des toilettes et entre.

— Allô 4-Trine ! Comment vas-tu ? Merci.

4-Trine cherche partout autour d'elle.

— ZOUMI ! Est-ce que c'est toi ? Qu'est-ce que tu fais dans les toilettes des filles ?

— Je suis INVISIBLE, j'ai inventé une substance qui rend... INVISIBLE !!!

4-Trine recule vers la porte et se met à courir jusqu'à ce qu'elle retrouve son amie.

— ZOÉ ! ZOÉ ! tu ne me croiras jamais, débite-t-elle. Zoumi est complètement fou ! Il est dans les toilettes des filles et ... IL EST INVISIBLE !!! Il faut le voir pour le croire. Enfin, je veux dire, il ne faut PAS le voir pour le croire...

— INVISIBLE, TU DIS ? répète Zoé.

— OUI, OUI ! INVISIBLE...

— Alors 4-Trine, dit Zoumi tout près, on a peur de ses amis, maintenant… Merci.

— OOUAAAAHH ! hurle 4-Trine. Écoute ! Écoute ! montre-t-elle à Zoé.

Zoumi sort de la pénombre derrière l'arbre et enlève sa cagoule.

4-Trine l'aperçoit et sursaute.

— C'est un truc qu'il fait avec des émetteurs, lui explique Zoé. C'est très astucieux.

— Chouette, non ? demande Zoumi.

— CHOUETTE !!! fait 4-Trine, pas contente du tout et rouge de colère.

Zoumi s'enfuit en courant.

— ON VA SE REVOIR À LA PROCHAINE RÉPÉTITION DE LA PIÈCE DE THÉATRE, lui crie 4-Trine lorsqu'il disparaît parmi les autres jeunes.

— C'était juste pour rire, ne lui en veux pas. C'est curieux comme ça sent l'ail par ici, remarque Zoé.

— Ah non ! c'est l'escargot… Changeons de décor ! la presse 4-Trine.

— Quel escargot ???

Sur une petite scène, le père de Roxanne prend la parole.

— Je voudrais avoir quelques minutes de silence pour dévoiler le gagnant ou la gagnante du concours du plus beau costume.

Les murmures cessent…

— Je dois vous féliciter, car vos costumes sont vraiment magnifiques.

Les membres du jury n'ont pas eu la tâche facile.

— J'espère que je vais remporter ce prix, car je ne gagne jamais rien, moi... souhaite 4-Trine. Ah, mais si le trophée revient à Zoé, je serai contente aussi.

CHUT !

— Alors nous avons déterminé, après une longue délibération, que... STÉPHANIE méritait le prix du meilleur costume... BRAVO STÉPHANIE !

La foule s'écarte. Sur la pointe des pieds, Zoé et 4-Trine ne peuvent qu'entrevoir les plumes d'un chapeau qui leur rappelle vaguement quelqu'un qu'elles ont rencontré plus tôt.

Stéphanie, vêtue d'une robe à pois roses et coiffée d'un chapeau à plumes, monte les marches et arrive sur la scène.

— BURRITO ! s'exclame 4-Trine. Ça me revient maintenant, c'est la vieille dame que nous avons aidée à traverser la rue...

— ELLE NOUS A BIEN EUES ! avoue Zoé en souriant. Elle le mérite bien ce trophée.

— BRAVO ! STÉPHANIE ! BRAVO !!!

Sur la scène, Stéphanie, le visage tout ridé, leur fait un clin d'œil et exhibe son trophée à bout de bras.

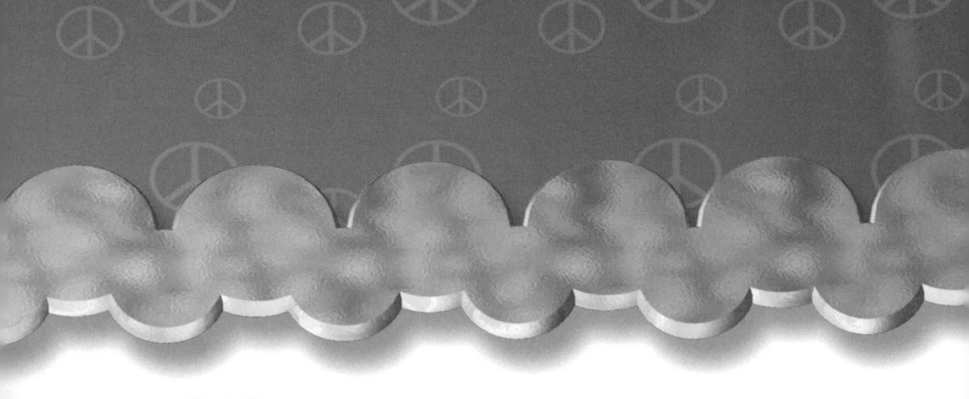

— BON ! dit maintenant Zoé. On va danser, manger ou soulever les masques de tout le monde pour découvrir qui se cache derrière ?

— Ça, c'est une très bonne idée, mais allons tout d'abord voir les cadeaux que Roxanne a reçus.

— Ils sont sur la table, là-bas.

Près de la piscine, sur une très grande table, sont étalés des dizaines de trucs hétéroclites. Zoé prend un petit bâton en plastique au bout duquel se trouve une petite main.

— CHOUETTE !!!

s'exclame-t-elle, un mouchoir japonais.

— IDIOTE ! Ce truc ne peut pas entrer dans ta narine, c'est pour te gratter le dos.

— AH, WOW ! un coussin-prout...

— OUAIS, il faut le mettre sur la chaise de quelqu'un, propose 4-Trine.

— QUI ?

— RAPHAËL ! disent-elles en même temps.

— OH OUI ! c'est un maniaque de la politesse, dit Zoé. Si nous réussissons à lui jouer ce tour, il va devenir rouge comme une tomate bien mûre.

Zoé et 4-Trine cherchent tout autour. Pas là, ni là, pas là-bas non plus...

— Mais où est-il ? fait Zoé. Comment est-il déguisé ? Tu le sais, toi ?

— Non mais, attends ! J'ai une idée, lui dit son amie.

4-Trine regarde alentour et finit par trouver ce qu'elle cherche. Quoi ? Un des émetteurs de Zoumi, le supposé homme invisible.

— ZOUMI ! souffle 4-Trine dans le petit appareil. ZOUMI ! EST-CE QUE TU M'ENTENDS ?

Quelques secondes s'écoulent avant que...

— Je te reçois 8 sur 8, répond Zoumi. Merci !

Zoé arrache l'émetteur des mains de 4-Trine.

— C'est 5 sur 5 qu'il faut dire, triple con !

— DONNE-MOI ÇA !!! lance 4-Trine en reprenant l'émetteur. Zoumi ! Avec tes émetteurs, tu peux entendre ce qui se passe un peu partout. Peux-tu me dire à quel endroit se trouve Raphaël ?

— Il est assis à une table près du belvédère, leur répond vite Zoumi. Vous ne pouvez pas le manquer, il est déguisé en... MOUFFETTE !

Zoé et 4-Trine se regardent d'un air complice.

— UNE MOUFFETTE !!! répète Zoé.

— 

s'exclame 4-Trine. Une mouffette qui pète... C'EST PARFAIT !

Zoé et 4-Trine avancent discrètement vers le belvédère blanc décoré de belles fleurs. Zoé sourit lorsqu'elle aperçoit Raphaël dans son costume : tout vêtu de peluche noire, une longue et large ligne blanche descend dans son dos...

TRÈS JOLI !!! HI! HI! HI!

— Il faut qu'il se lève pour que nous puissions mettre le coussin-prout sur sa chaise, réfléchit Zoé. Je vais m'occuper de cette partie. Toi, 4-Trine, aussitôt qu'il quitte, arrive avec le coussin...

— dit 4-Trine.

Lentement, tout en essayant de ne pas se faire remarquer, 4-Trine va se placer. Elle est prête à placer l'objet sur la chaise.

OUPS ! Quelqu'un approche... 4-Trine cache le coussin-prout derrière son dos et se retourne.

C'est Antoine, son ami l'escargot... À L'AIL !

— Alors, ange de tous les anges, demande Antoine, tu me fuis ?

— MAIS NON ! C'est une fête, et il y a beaucoup de monde, on peut se perdre facilement. Et puis, je ne suis pas ta possession, j'ai le droit de faire ce que je veux.

— Qu'est-ce que tu fais là, toute seule ? Et que caches-tu derrière ton dos, beauté ?...

— ABSOLUMENT PAS DE TES OIGNONS !

— C'est quoi ? Dis, dis...

— Ce n'est qu'un coussin-prout ! lui montre finalement 4-Trine. Nous allons le placer sur la chaise de Raphaël.

— C'est quoi un COUSSIN-PROUT ?

— Je ne peux pas croire que tu ne connaisses pas ça ! fait 4-Trine, étonnée. Tout le monde sait ce que c'est. Eh bien, je vais combler ce grand vide dans tes connaissances ! C'est un truc *farces et attrapes* que tu peux acheter au Gagarama. C'est une sorte de petit ballon que tu dois d'abord gonfler et ensuite déposer sur la chaise avant que la personne s'assoie, et...

PROOOUUUT !

C'est tout comme si elle avait... enfin, tu sais !

— AAAH OUAIS ! comprend Antoine. Mon père n'a pas besoin de coussin-prout et...

— C'EST BEAU !!! ARRÊTE ! J'AI COMPRIS.

— Tu sais, ma sirène, que ce n'est pas poli de jouer ce genre de tour lorsqu'il y a des gens à une table ?

— Oui, mais c'est complètement inutile de le faire... LORSQU'IL N'Y A PERSONNE !

— AH ! fait Antoine. Là, tu as raison... Mais ce n'est tout de même pas très gentil.

— CHUT ! tu vas nous faire repérer. Zoé discute avec Raphaël.

HA ! HA !

Zoé lève son pouce en direction de 4-Trine qui s'approche en marchant très vite. Tout le monde les regarde. Il faut créer une diversion afin de déposer le coussin sans se faire voir.

Zoé pointe en direction de la maison.

— AH ! REGARDEZ ! hurle-t-elle... C'EST ALFREDO DI CAPRIO !!!

Tout le monde se retourne.

4-Trine passe le coussin à Zoé qui mine de rien, le dépose sur la chaise de Raphaël.

Les deux amies se poussent... pas trop loin tout de même.

Cachées derrière un grand rosier, elles surveillent...

YESSSS !!! YESSSS !

Charles et Raphaël sortent et se dirigent vers la table. Zoé sourit à 4-Trine, qui croise les doigts. Charles reprend sa place, et lorsque Raphaël s'assoit...

PROOOUUUT !

Tous les autres le regardent, surpris. Plusieurs pouffent de rire.

Zoé et 4-Trine se tapent dans les mains et se mettent elles aussi à rire. Antoine arrive près d'elles en tenant dans sa main... **LE COUSSIN-PROUT !**

Les yeux de Zoé s'agrandissent.

— Mais qu'est-ce que tu fais avec ça ? lui demande 4-Trine.

— Pardonnez-moi, mais je trouve que ce n'est pas drôle de jouer ce genre de tour aux gens.

— Mais si c'est toi qui as le coussin, réalise tout à coup Zoé, ça veut dire que Raphaël a réellement...

— **OH NON !** fait 4-Trine. PARTONS D'ICI AVANT QUE LE VENT CHANGE DE CÔTÉ !!!

Il est déjà 21 h 45 ! C'est fou comme le temps passe lorsque nous avons du *FUN* !!!

DU *FUN* ! reprend 4-Trine. Comme tu dis. Il y a une bande dessinée de Poupoulidou sur la table à pique-nique là-bas...

Poupoulidou PART 6

DANS LE FIRMAMENT, LA TERRE VIREVOLTE GAIEMENT COMME UNE MOUCHE AU-DESSUS D'UN CACA DE CHIEN TOUT FRAIS...

FOU DE RAGE, POUPOULIDOU CHERCHE UNE AUTRE FAÇON DE LA DÉTRUIRE.
OÙ TROUVER UNE IDÉE ?
À LA TÉLÉ BIEN SÛR...

MAIS C'EST IMPOSSIBLE, SOUS LA SURVEILLANCE CONSTANTE DE MAMANLIDOU ET DE CE CRUEL DESTIN QUI JOUE TOUJOURS CONTRE LUI...

LE DESTIN C'EST MOI... HA ! HA ! HA !

DÉCOURAGÉ, POUPOULIDOU SOMBRE DANS UNE PÉRIODE TRÈS NOIRE. DANS UN ÉLAN DE DÉSESPOIR, IL VEUT LAISSER L'ÉCOLE POUR SE VOUER AU CULTE DES JEUX VIDÉO...

LA FÉE PAASSA APPARAÎT JUSTE À TEMPS ET LUI DIT :
FAIS PAS ÇA !!!

ET VOILÀ ! SES MOTS D'UNE GRANDE SAGESSE ONT VITE FAIT DE REMETTRE POUPOULIDOU SUR LE DROIT CHEMIN.

WOW !

QUELLE FÉE CETTE FÉE PAASSA...

— Il est temps de mettre notre plan à exécution, déclare Zoé.

— OUAIP ! c'est le moment d'offrir notre PETIT CADEAU à Roxanne, tu veux dire, reprend 4-Trine.

— YEP !

— Est-ce que tout le monde a été prévenu ? demande Zoé.

— Oui ! j'ai téléphoné à Béatrice, qui elle, a appelé Léa, qui elle a... enfin le jeu du téléphone. Tu sais, la façon habituelle que nous utilisons pour répandre les potins à nos amis...

— Alors tout est prêt, c'est le grand moment, ALLONS-Y !

Zoé et 4-Trine déambulent, l'air de rien, à la recherche de Roxanne. Pas facile de la trouver entre tous ces jeunes costumés.

— ELLE EST LÀ ! Sur la piste de danse, s'exclame Zoé.

4-Trine exécute quelques pas et parvient, malgré la foule de danseurs, à rejoindre Roxanne.

— Nous voulons te parler ! lui crie-t-elle dans l'oreille.

Roxanne fait oui de la tête et la suit.

— Nous avons une idée ABSOLUMENT GÉNIALE ! lui dit Zoé. Nous allons tous jouer au jeu du *Secret ou châtiment* !

— OUAIS ! se réjouit Roxanne... ET QUE LA FÊTE CONTINUE !!!

YAHOOOUUU !

Zoé fait cesser la musique et 4-Trine réunit tout le monde près de la scène.

— DITES-MOI ! crie-t-elle. EST-CE QUE VOUS VOUS AMUSEZ ???

OOOUUUUaaISSSSS !!!

répond très fort la foule de jeunes...

— Eh bien ! ce n'est pas terminé, car maintenant nous allons TOUS jouer à *Secret ou châtiment*. Je vous explique. J'ai ici trois boîtes. Dans celle-ci, il y a les noms de tout le monde inscrits sur des bouts de papier. Dans la deuxième boîte se trouvent un tas de questions indiscrètes et TRÈS PERSO ! Dans la troisième se trouvent une foule d'IGNOBLES châtiments. Je vais piger un nom AU HASARD ! Si c'est ton nom, tu

devras venir piger une question dans la deuxième boîte. Si te ne veux pas répondre à cette question et nous révéler un secret, tu devras alors piger un châtiment, et là... TU N'AS PAS LE DROIT DE REFUSER !!!

OH ! OH !

4-Trine plonge la main dans la première boîte et prend un petit papier qu'elle déroule aussitôt...

— Eh bien, nous débutons TRÈS FORT ! annonce-t-elle à tout le monde. Notre première VICTIME est... ROXANNE !!!

— C'est une chance que j'aie pensé à mettre le nom de Roxanne sur tous les papiers, songe 4-Trine. Sinon, combien de temps cela aurait pris pour tomber sur le sien ?

Roxanne sourit et se dirige vers Zoé, qui lui présente la boîte des questions indiscrètes. Roxanne pige un papier et baisse la tête après l'avoir lu.

Zoé lui enlève le papier et le lit à voix haute.

— LA QUESTION EST : « ROXANNE, QUEL GARÇON TROUVES-TU **TROP MIGNON** À L'ÉCOLE ? »

Roxanne rougit et reste silencieuse. Quelques secondes passent, et, finalement, elle plonge la main dans la boîte des châtiments.

Tous les garçons la huent...

CHOOOOUUUUUUUUU !

Zoé prend le papier pigé par Roxanne.

— VOICI LE CHÂTIMENT ! annonce-t-elle. Tu dois aller TOUTE SEULE jusqu'au ruisseau dans la forêt ... et en revenir avec une petite pierre mouillée en guise de preuve.

OUAAAAH !

Roxanne grimace de peur...

— ALLEZ !

Roxanne se dirige lentement vers les grands arbres noirs, sous les regards de tous. Son cœur bat très fort. Elle se ressaisit, prend une grande inspiration et se dirige d'un pas décidé vers le ruisseau, prête à accomplir sa mission.

Le sombre petit sentier, qui le jour est si joli, arbore le soir un air très lugubre. Devant elle, un arbre avec une forme vraiment étrange. Les clapotis du ruisseau se font soudain entendre. Elle approche.

— J'ai tellement peur, s'avoue-t-elle. J'aurais dû prendre n'importe quelle pierre à l'entrée de la forêt et cracher dessus pour la mouiller. Ils m'auraient crue... JE REGRETTE !

Le ruisseau est juste devant elle. Roxanne se penche, plonge la main dans l'eau et prend une petite roche avec le bout de ses doigts.

VOILÀ !

À la fête, Zoé explique aux autres.

— Mon frère Alex, déguisé en extraterrestre, va lui flanquer la frousse de sa vie.

— Il y a même une soucoupe volante, gracieuseté de notre ami Antoine, l'escargot qui ne sent pas bon.

Dans la forêt, comme Roxanne allait revenir, un son étrange se fait entendre...

OUIOUU ! OUIOU ! OUIOU !

— Qu'est-ce que c'est que ce bruit ?

Elle observe tout autour d'elle et aperçoit une curieuse lueur verte près de la clairière. Elle écoute et décide de s'approcher. Entre les arbres, elle découvre avec stupeur un très gros objet rond avec beaucoup de petites lumières qui clignotent... UN VAISSEAU SPATIAL !

UN VRAI !!!

Prise de panique, elle sait maintenant que, MALHEUREUSEMENT, elle n'est pas toute seule dans la forêt. De peur d'être prise en chasse, elle recule lentement et emprunte sans courir le sentier. Au milieu, l'arbre aux formes étranges qu'elle avait remarqué plus tôt... SE MET À AVANCER !

CE N'EST PAS UN ARBRE ! C'EST UN EXTRATERRESTRE !!!

Deux yeux lumineux apparaissent et de longs bras se tendent pour l'attraper.

Roxanne tombe à la renverse. Le terrifiant extraterrestre avance rapidement vers elle. Elle glisse sur le dos jusqu'à un gros tronc d'arbre qui l'arrête net. L'extraterrestre grogne...

GRAOOOUUUU !!

Dans sa main, Roxanne n'a pas lâché la petite roche du ruisseau. Elle observe avec une peur incroyable l'horreur qui s'approche toujours.

— AU DIABLE CE FOUTU JEU !

Elle s'élance et envoie de toutes ses forces la roche qui atteint l'extraterrestre en plein sur son HORRIBLE tête ...

— RETOURNE SUR TA PLANÈTE FACE DE MOUCHE !!!

Le monstre titube...

C'EST LE MOMENT !!!

D'un seul bond, elle se relève et court le plus vite qu'elle peut entre les arbres jusqu'à la sortie de la forêt où l'attendent Zoé et 4-Trine.

ARRÊTE DE COURIR !!!

— BONNE FÊTE ! lui hurlent-elles. Cette peur que tu viens d'avoir est notre cadeau.

— QUOI !!! fait Roxanne, à bout de souffle.

— NON ! ce n'était pas un vrai martien, c'était juste mon frère Alex sous un de ses EFFROYABLES costumes.

Roxanne se ressaisit quelques secondes puis finit par sourire.

— MAIS VOUS ÊTES COMPLÈTEMENT FOLLES ! s'exclame-t-elle. J'ai eu... SUPER PEUR !!!

— C'est justement ce que nous voulions t'offrir, ajoute Zoé, à toi qui as tout.

Autour d'eux, tous les jeunes se rassemblent et applaudissent...

CLAP ! CLAP ! CLAP ! CLAP !

QUELLE FÊTE !!!

Dans la maison, le téléphone sonne...

BILOU ! BILOU ! BILOU ! BILOU !

Le père de Roxanne répond.

— C'est la plus belle fête que j'aie jamais eue, réalise Roxanne. Merci mes amis, vous serez mes amis... POUR TOUJOURS !

Roxanne fait l'accolade à Zoé et 4-Trine.

Du balcon de la maison, le père de Roxanne appelle.

— ZOÉ ! crie-t-il. C'est ton frère Alex. Il veut te parler.

Zoé et 4-Trine accourent.

Elles attrapent le combiné et elles y collent toutes les deux une oreille.

— ALEX ! crache Zoé, tout excitée. Tu as été *sensass*. Elle a marché, tu ne peux pas croire à quel point. Elle a eu une de ces frousses! Elle va s'en souvenir pour le reste de ses jours.

MERCI GIGANTESQUEMENT !

— EUH, OUI ! bafouille Alex à l'autre bout du fil. Je veux m'excuser et j'espère que tu ne m'en voudras pas. Je n'ai pas pu me rendre à la fête de Roxanne, car j'ai eu un accident avec ma moto, rien de grave, seulement un accrochage, mais je suis vraiment désolé de ne pas y être allé...

Zoé et 4-Trine lèvent les yeux au ciel lorsqu'un objet lumineux passe en zigzaguant au-dessus de la forêt...

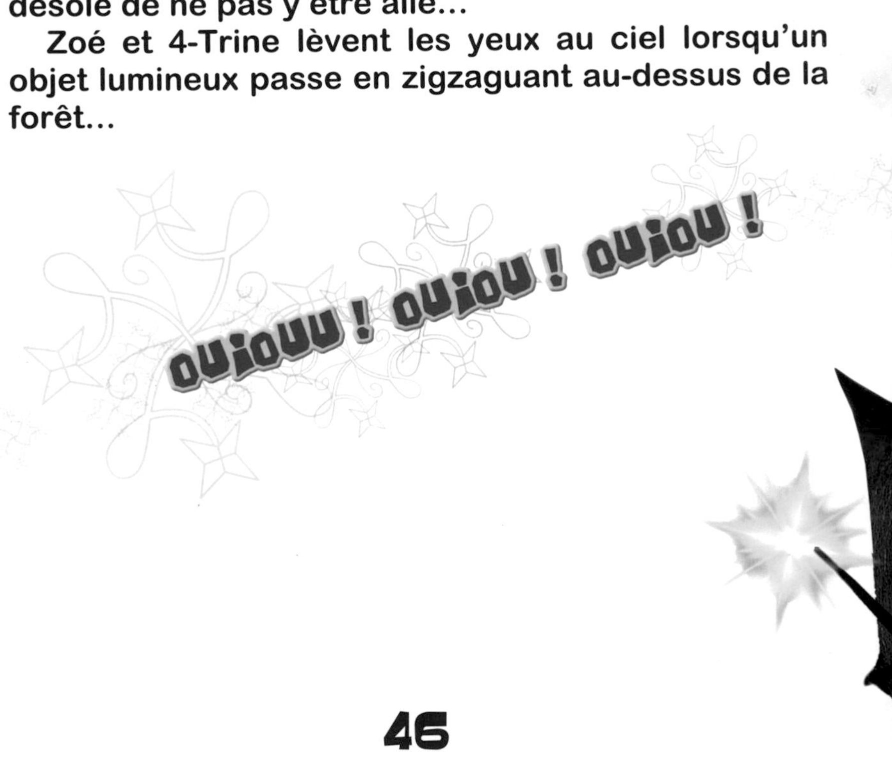

fin

TÊTE-BÊCHE

pour lire l'histoire de

Retourne ton roman
TÊTE-BÊCHE
pour lire l'histoire de
4-Trine

Les parents de Roxanne sont riches... TRÈS RICHES ! Et lorsqu'elle décide d'organiser une petite fête, c'est tout sauf... UNE PETITE FÊTE !
4-Trine et Zoé étaient donc très excitées quand les parents de Roxanne ont décidé de célébrer son anniversaire avec un SUPER COOL BAL COSTUMÉ !!!
L'occasion sera PARFAITE, pour elles, d'offrir en cadeau à leur amie qui possède tout... LA PEUR DE SA VIE !

ISBN : 2-89595-157-8

Gouvernement du Québec - Programme de crédit d'impôt pour l'édition de livres - Gestion SODEC

Boomerang éditeur jeunesse remercie la SODEC pour l'aide accordée à son programme éditorial.

Imprimé au Canada
Dépôt légal : Bibliothèque nationale du Québec, 3e trimestre 2005
Dépôt légal : Bibliothèque et archives Canada, 3e trimestre 2005

Boomerang éditeur jeunesse inc.
Québec (Canada)

Courriel : edition@boomerangjeunesse.com
Site Internet : www.boomerangjeunesse.com

Texte et illustrations par Richard Petit

Modèles numériques fournis par : Daz 3D, Renderosity, HandspanStudio, ThorneWorks, Patrick A. Shields, TrekkieGrrrl, HIM666, Amber Jordan, Maya, Laura Gilkey, 3dmodelz, Aya-Zoozi, Poism, Jen, Jaguarwoman, Uzilite, Nymesis, Epken, HMG Designs, Quarker, Anton's FX, 3D Universe, Hankster, Gerald Day, Palladium 17, HMann et plusieurs autres…

Il était 2 fois...

J'ai un peu le trac !

Bon ! Alors c'est moi qui vais lui expliquer. Il était 2 fois... est un roman TÊTE-BÊCHE, c'est-à-dire qu'il se lit à l'endroit, puis à l'envers.

NON ! NE TE METS PAS LA TÊTE EN BAS POUR LE LIRE... Lorsque tu as terminé une histoire, tu peux retourner le livre pour lire l'autre version de cette histoire. CRAQUANT, NON ? Commence par le côté que tu désires : celui de 4-Trine ou mon côté à moi... Zoé !

J'peux continuer ? BON ! Et aussi, tu peux lire une histoire, et lorsque le texte change de couleur, retourne ton livre. À la même page de l'autre côté, tu vas découvrir des choses...

Deux aventures dans un même livre.

Tu crois qu'elle a capté ?

CERTAIN ! Elle a l'air d'être aussi brillante et géniale que nous...

nous allons commencer par les présentations
ZOÉ
non mais, quelle tête!
4-Trine
Chouchoute du prof!!!
ARCHI FAUX!
qui a écrit ce mensonge odieux?
Je vais le dire au prof...
Euh! Laissez faire!
4-Trine, avant c'était Catherine...
Elle est la preuve qu'il y a de la vie sur une autre planète...
BLAGUE
ma meilleure Chumie!
ALEX
Si tu le trouves mignon, prends un numéro, car tu n'es pas la seule...
FRÈRE DE ZOÉ
Bon! elle... c'est notre prof...
Gentille? Des fois oui!
Capucine ou méchante capu
C'est la chatte de... 4-Trine! Tu as deviné à cause des pics roses sur sa tête, hein?
Poupou Vaudée
Sert à jeter toutes sortes de sortilèges... AUX GARÇONS!
COOL!
Poupoulidou est un petit extraterrestre qui ne désire qu'une chose: anéantir la race humaine...
Mais sa maman ne veut pas car ça n'est pas bien!

UT ! nous retrouvons Zoé qui discute avec 4-Trine dans sa chambre. EH OUI ! tu as manqué le début de l'histoire. Il fallait commencer à lire ce roman avant, c'est tout...

— ARRÊTE DE MANGER DES CROUSTILLES ET AIDE-MOI À ME TROUVER UN DÉGUISEMENT ! crie Zoé à 4-Trine, qui ne cesse de s'empiffrer.

— MMMMMHHH ! essaie de répondre 4-Trine, la bouche pleine...

YARK !

— Tu es complètement dégueulasse, lorsque tu parles comme ça, le savais-tu ? grimace Zoé en regardant ailleurs...

— Moi, j'ai trouvé le costume que je vais me fabriquer, lui dit 4-Trine. Je serai une extraterrestre MÉGA COOL qui pulvérise tout le monde avec son pistolaser...

— Moi, je n'en ai aucune idée. Un monstre, une super héroïne... *RRRRRR !* JE NE LE SAIS PAS ! rage-t-elle, découragée.

— N'oublie pas qu'il y a un trophée pour le meilleur costume, lui rappelle 4-Trine. FORCE-TOI DONC UN PEU ! Essaie de trouver quelque chose qui reflète ta personnalité. Je ne sais pas moi, tu es gentille, géné-

reuse et attentionnée. Tu pourrais peut-être te déguiser en Belle au bois dormant, en Cendrillon ou, OUAIS ! en guichet de banque !!!

HI! HI! HI!

— Non ! Tiens, je vais plutôt me déguiser en personne idiote, lui lance-t-elle. Je vais me déguiser en... TOI ! Avec des lulus ridicules.

TUT ! TUT ! TUT !

— Ne t'énerve pas ! lui suggère 4-Trine. C'était seulement pour rigoler.

Zoé lève la tête et sourit.

— TU AS TROUVÉ ? dit alors son amie. Comment vas-tu te déguiser ? EN QUOI ? DIS-LE-MOI !!!

— NON ! C'EST UNE SURPRISE ! lui répond-elle avec un grand sourire aux lèvres.

— OUI ! EN FÉE... songe Zoé. Je serai magnifique avec des ailes splendides et une robe somptueuse. Je serai la plus belle, la plus originale, la mieux déguisée et, bien sûr, je vais gagner le prix du meilleur costume...

— Bon, alors écoute, Zoé, lui dit 4-Trine d'une manière un peu louche. Moi, je dois terminer mon costume et j'ai encore pas mal de choses à bricoler, et tu sais que c'est demain qu'aura lieu cette fête.

Alors je te laisse. Toi aussi tu dois préparer ton COSTUME SECRET !

BYE !

4-Trine quitte rapidement la chambre de son amie.

— Non mais ! se dit Zoé, insultée. Elle me prend pour une nouille ! NON ! UN SAC DE NOUILLES ! Je parie qu'elle va essayer de m'espionner en grimpant sur la remise de notre jardin.

Pour ne pas se faire repérer, Zoé sort de sa chambre et s'en va observer 4-Trine discrètement par la fenêtre de la chambre de son frère Alex.

Sur le trottoir, comme Zoé l'avait prédit, 4-Trine stoppe net et va se coller au mur de la maison.

HA ! HA !

Zoé aperçoit, accroché à la patère de son frère, le TERRIFIANT masque de zombi avec lequel il lui fait toujours des peurs incroyables.

— J'AI UNE IDÉE !!!

Elle attrape le masque et court à l'extérieur. Dehors, sur le toit de la remise, 4-Trine surveille la fenêtre de la chambre de Zoé.

Zoé prend une grande inspiration... ET MET LE MASQUE !

— **POUAH !** se plaint-elle tout bas. Ça empeste le caoutchouc.

Doucement, elle pose le pied sur la clôture et pousse un grognement effroyable lorsqu'elle parvient à atteindre le toit de la remise.

GROOOUUUAAAAHHHH !

— AAAAAAAHHH ! hurle 4-Trine en tombant à la renverse.

BANG !

Zoé éclate de rire...

HA ! HA ! HA ! HI ! HI !

Sur le dos, 4-Trine devine que son amie se cache derrière ce masque.

— T'ES COMPLÈTEMENT FOLLE ! l'engueule-t-elle. J'aurais pu tomber en bas et me casser le cou...

— Tu aurais pu aller chez toi aussi, au lieu de me mentir, la corrige Zoé en enlevant le masque.

— T'ES PAS DRÔLE ! hurle-t-elle.

Le cœur de 4-Trine bat à tout rompre.

Zoé regarde le masque de zombi et cesse de rire subitement.

— Quoi ? Qu'est-ce qu'il y a ?

— Je viens d'avoir une idée ! lui répond Zoé. Une idée... ABOMINABLE !

— UNE AUTRE ! fait 4-Trine. Deux idées dans la même journée. OH LÀ LÀ ! TOUTES MES FÉLICITATIONS À TON CERVEAU !

— Je sais ce que nous allons offrir à Roxanne pour sa fête, lui annonce Zoé.

— Qu'est-ce qu'on peut lui offrir qu'elle ne possède déjà ? se demande 4-Trine. Ses parents sont très riches, et Roxanne a tout, TOUT ce qu'elle désire.

— L'AVENTURE ! répond Zoé. Demain soir, nous allons lui offrir...

— LA PEUR DE SA VIE ??? Explique...

— Tu sais que mon frère Alex collectionne les

masques. Il en possède plein, lui explique Zoé. Certains proviennent même d'Hollywood et ont l'air TRÈS RÉEL ! Je sais qu'il a plusieurs masques et costumes d'extraterrestres, alors demain, pendant la fête, je vais proposer de jouer à *Secret ou châtiment*, question de s'amuser. Tu sais que ce genre de jeu est complètement débile, surtout lorsque tout le monde est costumé.

— Oui, et après ? insiste 4-Trine, qui veut comprendre.

— Je vais demander à mon frère Alex de se costumer en extraterrestre et d'effrayer Roxanne lorsqu'elle ira dans les bois pour subir son châtiment.

— OUI ! OUI ! poursuit 4-Trine en modifiant sa voix. « Terrienne, je suis ici pour te capturer et t'emmener sur ma planète pour faire toutes sortes d'opérations diaboliques sur toi. » ETC. !

— se réjouit Zoé. Elle va se rappeler notre cadeau toute sa vie. Moi, je m'occupe de convaincre mon frère, et toi, tu dois trouver quelque chose qui ressemble à une soucoupe volante que tu vas cacher entre les arbres tout près de la clairière…

— Ah ouais, une soucoupe volante ! Et c'est tout ? Mais tu es complètement dérangée ! Où est-ce que je peux trouver UNE SOUCOUPE VOLANTE ? Ah ouais ! bien sûr, chez le marchand de soucoupes

volantes, se moque 4-Trine. Tu ne pourrais pas me demander quelque chose de plus facile, genre acheter du maïs soufflé rose ou des bretzels bleus ?

— ÉCOUTEZ-MOI, SOLDAT 4-TRINE ! lui ordonne Zoé en prenant une très grosse voix. Le sort de la Terre est entre vos mains, le monde entier compte sur vous, ajoute-t-elle en posant sa main sur son épaule. JE BLAGUE ! Non mais, si tu acceptes de trouver une soucoupe, je te révèle en quoi je vais me déguiser demain soir...

4-Trine regarde Zoé et sourit.

— J'accepte, général de la galaxie des croûtons de pain pourri... Alors ???

— EN FÉE !!! lui dit Zoé.

4-Trine sourit et quitte son amie.

Quelques minutes plus tard, Zoé aperçoit de la fenêtre de sa chambre, son frère Alex qui discute avec 4-Trine. Elle redescend tout de suite les marches pour les rejoindre.

Mais à son arrivée 4-Trine n'est plus là, et Alex hoche la tête en signe de découragement.

— Qu'est-ce qui s'est passé ? lui demande Zoé. Vous vous êtes engueulés, comme d'habitude ?

— Si tu veux le savoir, lui répond son frère, tu sais ce que tu dois faire.

Les mains posées sur les hanches, Zoé le dévisage.

— Si tu t'es encore moqué de sa coiffure, je vais le dire à papa.

— PAS DU TOUT ! la rassure Alex.

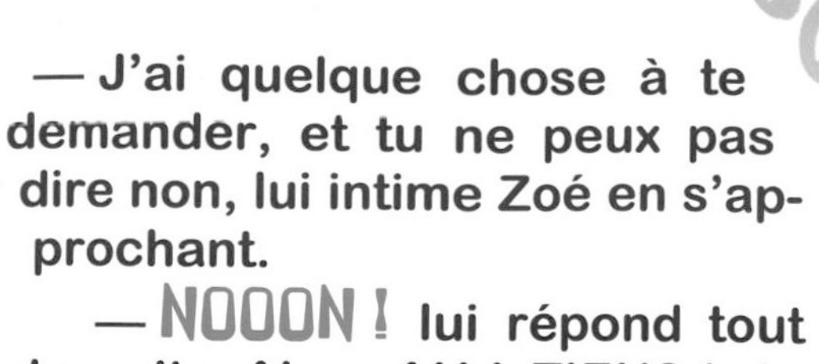

— J'ai quelque chose à te demander, et tu ne peux pas dire non, lui intime Zoé en s'approchant.

— NOOON ! lui répond tout de suite Alex. AH ! TIENS ! Je suis capable de dire non.

— Cesse tes conneries et écoute-moi...

— Je ne peux pas, je suis occupé ! répond-il sèchement.

— Tu ne sais même pas de quoi il s'agit !

— Qu'est-ce que tu veux ? cherche-t-il à savoir. Tu veux de l'argent encore ?

— NON ! NON ! tu vas aimer. C'est tout à fait dans tes cordes. Je veux que tu mettes un de tes effroyables costumes et que tu viennes effrayer Roxanne pour son anniversaire.

— MÉCHANT CADEAU DE FÊTE ! constate Alex. Tu ne pourrais pas, à la place, lui offrir un livre ou un jeu vidéo ?

— ALLÔÔÔ ! c'est pour Roxanne. Tu sais, la plus belle maison de Woopiville sur la colline près de l'école ? Ses parents sont riches, et elle possède tout. Et puis tous les autres jeunes vont lui acheter des cochonneries ridicules du Gagarama. Avec 4-Trine, j'ai pensé lui offrir quelque chose d'original...

Alex réfléchit un peu.

— Quand aura lieu cette fête ?

— Demain soir !

— Demain soir ??? répète Alex. Bon d'accord.

— 

Tu es un amour...

— Quel déguisement veux-tu que je porte ?

— Nous avons pensé que tu pourrais être un extraterrestre venu d'une galaxie lointaine pour l'enlever afin de pratiquer des expériences horribles sur elle. ELLE A UNE PEUR INCROYABLE DES AIGUILLES ! Alors tu t'imagines, nous allons lui flanquer toute une frousse...

— À quelle heure et où dois-je faire cette apparition ?

— À 22 h. Tu dois te cacher entre les arbres, tout près de la clairière, derrière leur maison. 4-Trine s'est chargée de te trouver une fausse soucoupe volante...

TOULOULOULOULOULOU !

C'est le téléphone qui sonne dans la chambre de 4-Trine. Elle regarde l'afficheur : « ZOÉ ».

Elle décroche le combiné...

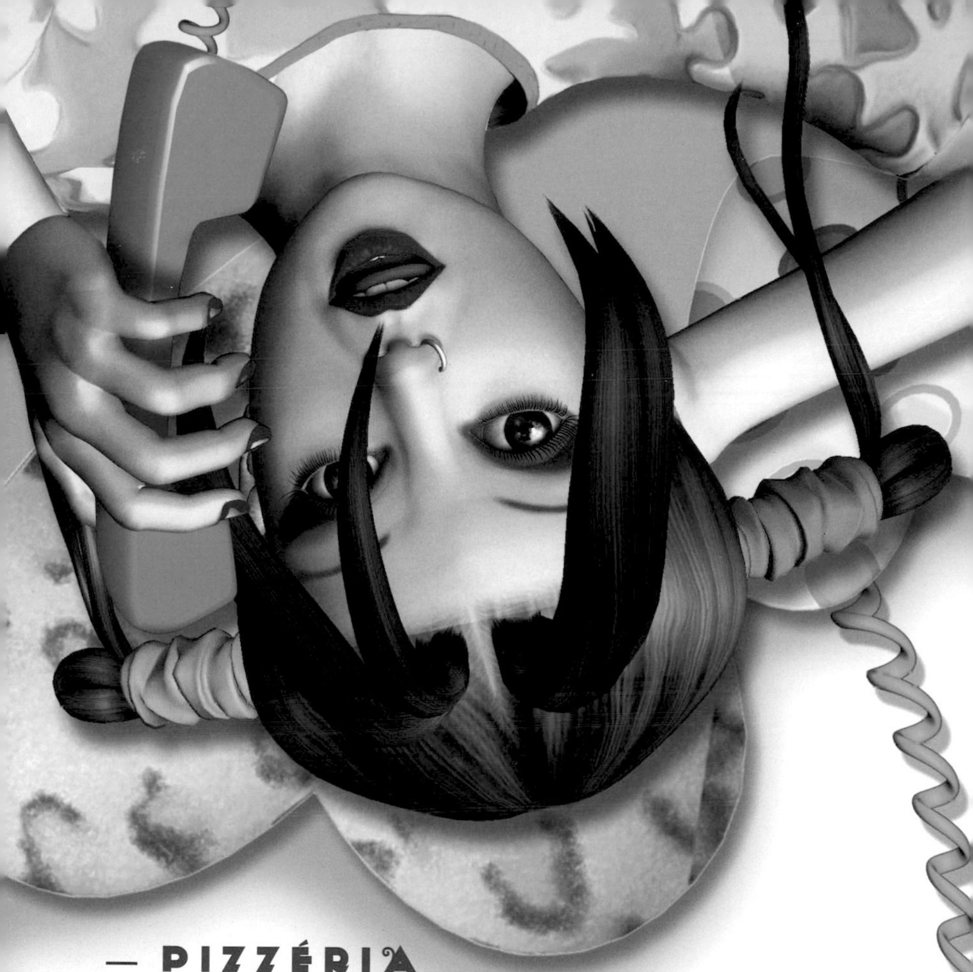

— **PIZZÉRIA DÉGUEULINO, BONJOUR !** répond-elle. Je peux prendre votre commande, madame. Ce sera comme d'habitude, une grande pizza garnie de nounours gummis, de guimauves, de pastilles pour le rhume et de beurre d'arachide ?

— **ARRÊTE !** la supplie Zoé. Je vais être malade... J'ai une bonne nouvelle : Alex a accepté de faire l'extraterrestre demain soir.

— MÉGA COOL !

— Ouais ! mais il y a deux conditions...

— DES CONDITIONS ! Quelles conditions ?

— Il faut que tu te coupes les cheveux et que tu acceptes de changer ton nom pour Anatoline Grossebidou...

— DIS-LUI QU'IL AILLE SE BROSSER LES DENTS AVEC DES CROTTES DE PIGEONS ! hurle 4-Trine dans le téléphone. IL N'EN EST PAS QUESTION !

— Poisson comme toi, il n'y en a pas deux ! ricane Zoé. Je déconne, c'est pour rire! Non mais, sérieusement, Alex a accepté.

— **PARFAIT** ! fait 4-Trine, rassurée.

— Et pour la soucoupe volante ? demande Zoé. Tu l'as trouvée ?

— C'est réglé ! Antoine va nous construire le plus beau des vaisseaux spatiaux.

— En échange de quoi ?

— TU NE VEUX PAS LE SAVOIR ! l'assure 4-Trine. Écoute, j'ai beaucoup à faire, et toi aussi. Je dois te laisser. Rendez-vous demain devant la chocolaterie à 21 h tapantes.

— DAC ! lui répond Zoé.

VROOOOOOUUUUUUUUUUUUUMMMMMM !!!

Mais qu'est-ce que c'est que ce truc qui file à toute vitesse ?

C'EST LE TEMPS QUI PASSE...

TROP COOL ! Nous sommes déjà le lendemain, et dans quinze minutes va débuter le bal costumé...

Devant la chocolaterie, Zoé aperçoit 4-Trine qui arrive.

— WOW ! SUBLIME ! fait Zoé en apercevant son amie. Tu es très « ASTRO MODE » ! Et ton pistolaser, il fonctionne ?

— Il projette des CŒURS LUMINEUX !

4-Trine appuie sur la gâchette…

BILOU ! BILOU ! BILOU !

— FABULEUX ! s'exclame Zoé.

— ET TOI ! fait 4-Trine à son tour. Tu es la plus belle fée parmi toutes les fées…

— MERCI ! dit Zoé, un peu gênée. Et tu as vu ? J'ai un sceptre d'enchantement. Il paraît que c'est très tendance chez les fées…

— NOUS AVONS TOUTES LES DEUX DES CHANCES DE GAGNER LE PRIX DU MEILLEUR COSTUME !!! disent-elles en même temps.

Elles partent à rire puis, bras dessus, bras dessous, se dirigent vers la maison de Roxanne sous les regards curieux des gens amusés…

Sur le trottoir d'une rue achalandée, une vieille dame vêtue d'une robe à pois roses et coiffée d'un chapeau à plumes tente en vain de traverser la rue. Zoé et 4-Trine l'aident, et la vieille dame continue son chemin.

— Merci ! leur dit-elle d'une voix toute tremblotante.

— Tout le plaisir était pour nous, m'dame…

Devant la magnifique maison de leur amie se dressent de splendides lampadaires multicolores. Pour l'occasion, le père de Roxanne a mis des ampoules de couleurs différentes. Ça donne tout un air de fête à l'endroit.

Fébriles, Zoé et 4-Trine gravissent les marches qui conduisent au jardin aménagé pour la soirée. À l'entrée, elles sont arrêtées par deux hommes en complet noir. Ils portent tous les deux des verres fumés noirs… C'EST TRÈS INTIMIDANT !!!

— **MOT DE PASSE S'IL VOUS PLAÎT !** grogne l'un d'eux.

Zoé et 4-Trine se regardent et arborent une mine surprise…

— MOT DE PASSE !!! répète Zoé.

— Mais ! Il n'a jamais été question d'un mot de passe ! essaie de comprendre 4-Trine. Même sur le carton d'invitation que Roxanne nous a remis à l'école.

— Personne ne peut avoir accès au site de cette soirée sans le mot de passe, précise le deuxième homme, inflexible.

Dépitée, Zoé ferme les yeux.

Quelqu'un s'esclaffe derrière le mur. C'EST ROXANNE !!!

— JE VOUS AI BIEN EUES ! s'exclame-t-elle. Comme j'aurais aimé avoir un appareil-photo ! Surtout toi, Zoé, tu étais tellement drôle…

— **GNAN ! GNAN !** fait Zoé.

4-Trine sourit.

— COMPLÈTEMENT GOTHIQUE TON COSTUME DE VAMPIRE ! dit-elle à Roxanne. Tu ne vas pas nous mordre et boire notre sang, HEIN ?

— NON ! avec ces fausses dents en plastique, la seule chose que j'arrive à boire, c'est du punch rouge à je ne sais pas trop quoi...

— Ah ouais, pour ton cadeau..., commence Zoé.

— LAISSEZ FAIRE LES CADEAUX, LES FILLES ! les interrompt Roxanne. Vous êtes ici, tout le monde est ici et c'est ce qui me remplit de joie... VENEZ !

À FOND LA MUSIQUE !

Tous les jeunes du quartier ont été invités. Au loin, Zoé aperçoit sur la piste de danse un crocodile qui rappe sous les rires d'un loup-garou, d'un robot et d'une sirène qui l'entourent.

— Là-bas, il y a la plus grande collection de croustilles au monde, les jus, enfin, la bouffe, leur montre Roxanne. La piste de danse couvre la plus vaste partie du jardin. Si vous voulez vous reposer après avoir dansé comme des diablesses, il y a des fauteuils et des chaises dans ce coin-là. Mais c'est le coin plate de la fête.

ALLEZ ! ÉCLATEZ-VOUS !!! J'ai d'autres invités qui arrivent...

Zoé sourit à son amie Roxanne.

— Moi, j'ai faim ! annonce Zoé. Je vais faire une petite razzia au musée de la bouffe.

— Moi, je veux ABSOLUMENT savoir qui se cache sous ce costume de crocodile, dit 4-Trine. Non mais, c'est **TRÈS HIP** de danser aussi bien... À PLUS !!!

Zoé avance difficilement, car il y a foule à cette fête. Un samouraï et un ninja la regardent. QUI SONT-ILS ? Le ninja soulève un peu son masque et lui fait un clin d'œil.

— ANNIE ! Je ne t'aurais jamais reconnue.

À la grande table, Zoé prend une assiette et commence à ramasser tout ce qui lui tombe sous la main : quartiers de sandwichs sans croûtes, rouleaux pitas à la viande...

— DES PETITES SAUCISSES ! MMMMM ! je vais me régaler.

Et alors qu'elle se penche vers le bol de saucisses...

— Tu sais que tu vas devenir énorme à force de manger autant ! Merci ! dit une voix qui semble venir de nulle part.

— ZOUMI ! reconnaît-elle tout à coup. Mais où es-tu ? Où te caches-tu ?

OÙ ? OÙ ? OÙ ?

— Je suis juste à côté de toi, lui répond-il. Merci !

Zoé cherche de tous bords tous côtés...

— Je ne te vois pas. OÙ ES-TU ? Et puis, je t'ai dit mille fois de ne pas dire merci comme ça, tout le temps.

— Je suis déguisé en homme invisible. J'ai réussi à fabriquer une substance qui rend... INVISIBLE ! Merci !

— Mais c'est impossible ça ! déclare Zoé. Cesse tes conneries, où es-tu ?

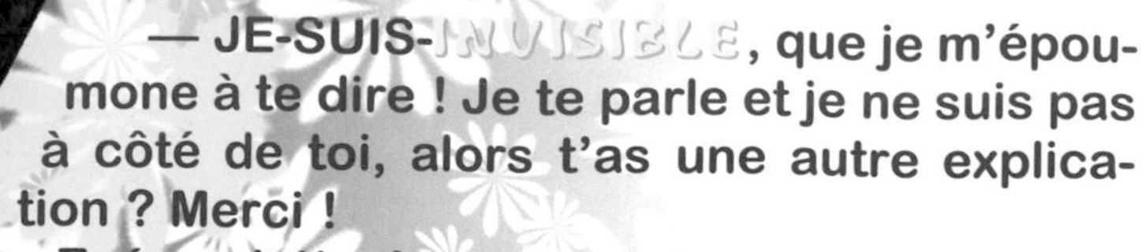

— JE-SUIS-INVISIBLE, que je m'époumone à te dire ! Je te parle et je ne suis pas à côté de toi, alors t'as une autre explication ? Merci !

Zoé se jette à quatre pattes et soulève la nappe de la table...

PERSONNE !

— Mais tu vas devenir riche et célèbre avec cette trouvaille ! réalise Zoé en se relevant.

— Ha ! Ha ! Ha ! je t'ai fait une blague, lui avoue Zoumi. Regarde derrière le chêne près de la maison.

Zoé se retourne et entrevoit une silhouette sombre qui lui envoie la main. Elle s'approche lentement.

— ZOUMI ! Est-ce bien toi ? Mais comment as-tu fait ?

— FACILE ! J'ai placé des émetteurs-récepteurs un peu partout. Avec ce poste, je n'ai plus qu'à sélectionner à qui je veux parler, et voilà, merci ! Tout de noir vêtu, avec cette cagoule, JE SUIS COMME INVISIBLE !!!

— DÉBILE ! Et tu as beaucoup d'émetteurs ? Il faut faire la même chose à 4-Trine...

— PAS QUESTION ! s'oppose Zoumi. Ton amie est COMPLÈTEMENT FOLLE ! Elle m'a donné une taloche sur la tête l'autre jour pendant la répétition de la pièce de théâtre à l'école, MERCI !

— Espèce de cloche, ça faisait partie de la pièce, se moque-t-elle. Attends ! Elle s'en va aux toilettes. Tu as un émetteur là aussi ?

— Oui ! J'en ai partout.

Zoumi appuie sur le bouton...

4-Trine ouvre la porte des toilettes et entre.

— Allô 4-Trine ! Comment vas-tu ? Merci.

4-Trine cherche partout autour d'elle.

— ZOUMI ! Est-ce que c'est toi ? Qu'est-ce que tu fais dans les toilettes des filles ?

— Je suis INVISIBLE, j'ai inventé une substance qui rend... INVISIBLE !!!

4-Trine recule vers la porte et se met à courir jusqu'à ce qu'elle retrouve son amie.

— ZOÉ ! ZOÉ ! tu ne me croiras jamais, débite-t-elle. Zoumi est complètement fou ! Il est dans les toilettes des filles et ... IL EST INVISIBLE !!! Il faut le voir pour le croire. Enfin, je veux dire, il ne faut PAS le voir pour le croire...

— INVISIBLE, TU DIS ? répète Zoé.

— OUI, OUI ! INVISIBLE...

— Alors 4-Trine, dit Zoumi tout près, on a peur de ses amis, maintenant... Merci.

— OOUaaaHH ! hurle 4-Trine. Écoute ! Écoute ! montre-t-elle à Zoé.

Zoumi sort de la pénombre derrière l'arbre et enlève sa cagoule.

4-Trine l'aperçoit et sursaute.

— C'est un truc qu'il fait avec des émetteurs, lui explique Zoé. C'est très astucieux.

— Chouette, non ? demande Zoumi.

— CHOUETTE !!! fait 4-Trine, pas contente du tout et rouge de colère.

Zoumi s'enfuit en courant.

— ON VA SE REVOIR À LA PROCHAINE RÉPÉTITION DE LA PIÈCE DE THÉATRE, lui crie 4-Trine lorsqu'il disparaît parmi les autres jeunes.

— C'était juste pour rire, ne lui en veux pas. C'est curieux comme ça sent l'ail par ici, remarque Zoé.

— Ah non ! c'est l'escargot... Changeons de décor ! la presse 4-Trine.

— **Quel escargot ???**

Sur une petite scène, le père de Roxanne prend la parole.

— Je voudrais avoir quelques minutes de silence pour dévoiler le gagnant ou la gagnante du concours du plus beau costume.

Les murmures cessent...

— Je dois vous féliciter, car vos costumes sont vraiment magnifiques.

Les membres du jury n'ont pas eu la tâche facile.

— « L'important est de participer », que ma mère m'a dit, se rappelle Zoé. OUAIS ! peut-être, mais c'est très le

fun

de gagner aussi.

— Alors nous avons déterminé, après une longue délibération, que... STÉPHANIE méritait le prix du meilleur costume... BRAVO STÉPHANIE !

La foule s'écarte. Sur la pointe des pieds, Zoé et 4-Trine ne peuvent qu'entrevoir les plumes d'un chapeau qui leur rappelle vaguement quelqu'un qu'elles ont rencontré plus tôt.

Stéphanie, vêtue d'une robe à pois roses et coiffée d'un chapeau à plumes, monte les marches et arrive sur la scène.

— **BURRITO !** s'exclame 4-Trine. Ça me revient maintenant, c'est la vieille dame que nous avons aidée à traverser la rue...

— ELLE NOUS A BIEN EUES ! avoue Zoé en souriant. Elle le mérite bien ce trophée.

— BRAVO ! STÉPHANIE ! BRAVO !!!

Sur la scène, Stéphanie, le visage tout ridé, leur fait un clin d'œil et exhibe son trophée à bout de bras.

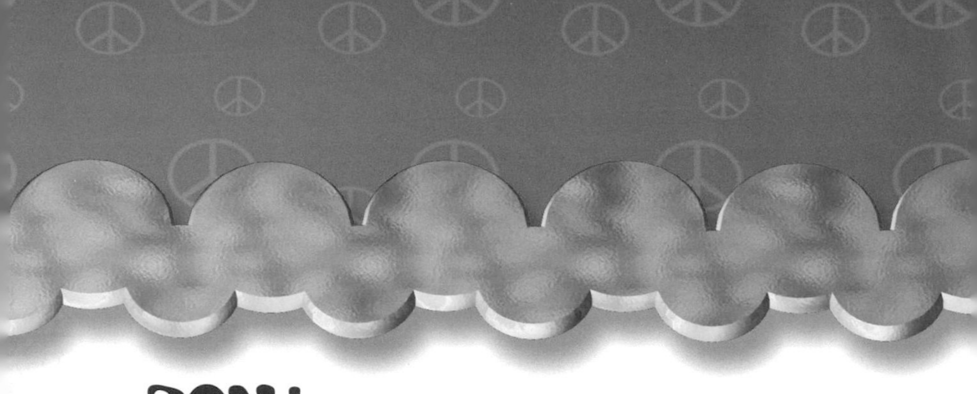

— BON ! dit maintenant Zoé. On va danser, manger ou soulever les masques de tout le monde pour découvrir qui se cache derrière ?

— Ça, c'est une très bonne idée, mais allons tout d'abord voir les cadeaux que Roxanne a reçus.

— Ils sont sur la table, là-bas.

Près de la piscine, sur une très grande table, sont étalés des dizaines de trucs hétéroclites. Zoé prend un petit bâton en plastique au bout duquel se trouve une petite main.

— CHOUETTE !!! s'exclame-t-elle, un mouchoir japonais.

— IDIOTE ! Ce truc ne peut pas entrer dans ta narine, c'est pour te gratter le dos.

— AH, WOW ! un coussin-prout...

— OUAIS, il faut le mettre sur la chaise de quelqu'un, propose 4-Trine.

— QUI ?

— RAPHAËL ! disent-elles en même temps.

— OH OUI ! c'est un maniaque de la politesse, dit Zoé. Si nous réussissons à lui jouer ce tour, il va devenir rouge comme une tomate bien mûre.

Zoé et 4-Trine cherchent tout autour. Pas là, ni là, pas là-bas non plus...

— Mais où est-il ? fait Zoé. Comment est-il déguisé ? Tu le sais, toi ?

— Non mais, attends ! J'ai une idée, lui dit son amie.

4-Trine regarde alentour et finit par trouver ce qu'elle cherche. Quoi ? Un des émetteurs de Zoumi, le supposé homme invisible.

— ZOUMI ! souffle 4-Trine dans le petit appareil. ZOUMI ! EST-CE QUE TU M'ENTENDS ?

Quelques secondes s'écoulent avant que...
— Je te reçois 8 sur 8, répond Zoumi. Merci !
Zoé arrache l'émetteur des mains de 4-Trine.
— C'est 5 sur 5 qu'il faut dire, triple con !
— DONNE-MOI ÇA !!! lance 4-Trine en reprenant l'émetteur. Zoumi ! Avec tes émetteurs, tu peux entendre ce qui se passe un peu partout. Peux-tu me dire à quel endroit se trouve Raphaël ?
— Il est assis à une table près du belvédère, leur répond vite Zoumi. Vous ne pouvez pas le manquer, il est déguisé en... MOUFFETTE !
Zoé et 4-Trine se regardent d'un air complice.
— UNE MOUFFETTE !!! répète Zoé.
— C'EST GÉNIAL ! s'exclame 4-Trine. Une mouffette qui pète... C'EST PARFAIT !
Zoé et 4-Trine avancent discrètement vers le belvédère blanc décoré de belles fleurs. Zoé sourit lorsqu'elle aperçoit Raphaël dans son costume : tout vêtu de peluche noire, une longue et large ligne blanche descend dans son dos...
TRÈS JOLI !!!

HI! HI! HI!

— Il faut qu'il se lève pour que nous puissions mettre le coussin-prout sur sa chaise, réfléchit Zoé. Je vais m'occuper de cette partie. Toi, 4-Trine, aussitôt qu'il se lève, arrive avec le coussin...

— DAC ! dit 4-Trine.

Zoé se dirige vers Raphaël. Il discute avec d'autres jeunes assis à la même table que lui. Tous ont de magnifiques costumes : un SUPER BRILLANT droïde, une EFFRAYANTE momie, une GROSSE coccinelle, un pirate CRUEL, un gnome RÉPUGNANT, un chevalier tout blanc, un homme des cavernes TRÈS POILU, et, bien sûr... RAPHAËL LA MOUFFETTE !

— Allô ! lui dit un chevalier.

— Tu me reconnais, Zoé ? demande la GIGANTESQUE coccinelle à la tête toute verte.

— Euh, non ! répond-elle. Je ne peux pas voir qui tu es sous ce costume.

La coccinelle dévoile sa bouche et montre les broches qui entourent ses dents.

— CHARLES ! WOW ! Quel déguisement. À quoi

jouez-vous ? demande-t-elle en apercevant une bouteille couchée au centre de la table, sur un tas de bonbons.

— Nous jouons à la BOUTEILLE BONBONS ! répond la momie.

— BOUTEILLE BONBONS !!! C'est quoi encore cette trouvaille ?

— À tour de rôle, nous tournons la bouteille. Lorsqu'elle s'arrête, la personne sur qui pointe le goulot doit choisir une sucrerie et elle doit la manger TOUT DE SUITE.

— C'EST TOUJOURS CHARLES QUI GAGNE ! se plaint le pirate.

— C'est une FABULEUSE façon de te rendre malade ! lui dit Zoé. Non mais, Charles, tu as vu ton visage... IL EST TOUT VERT ! Moi qui pensais que c'était du maquillage.

ET VOILÀ QUE... Charles, tout à coup, ne se sent pas très bien. Il se lève subitement et court en direction... DES TOILETTES !!!

C'est l'occasion parfaite pour Zoé.

— RAPHAËL ! Tu devrais aller avec lui, insiste Zoé. Il ne faut pas qu'il soit malade partout. AIDE-LE !

Raphaël se lève... DE SA CHAISE... et suit Charles...

HA ! HA !

Zoé lève son pouce en direction de 4-Trine qui s'approche en marchant très vite. Tout le monde les regarde. Il faut créer une diversion afin de déposer le coussin sans se faire voir.

Zoé pointe en direction de la maison.

— AH ! REGARDEZ ! hurle-t-elle... C'EST ALFREDO DI CAPRIO !!!

Tout le monde se retourne.

4-Trine passe le coussin à Zoé qui mine de rien, le dépose sur la chaise de Raphaël.

Et les deux amies se poussent... pas trop loin tout de même.

Cachées derrière un grand rosier, elles surveillent...

YESSSS !!!

YESSSS !

Charles et Raphaël sortent et se dirigent vers la table. Zoé sourit à 4-Trine, qui croise les doigts. Charles reprend sa place, et lorsque Raphaël s'assoit...

Tous les autres le regardent, surpris. Plusieurs pouffent de rire.

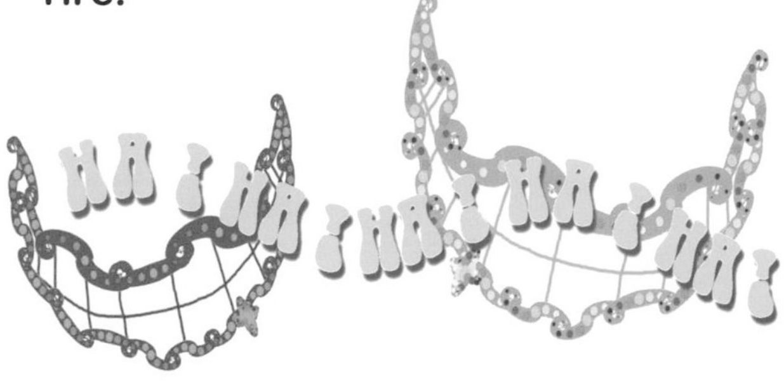

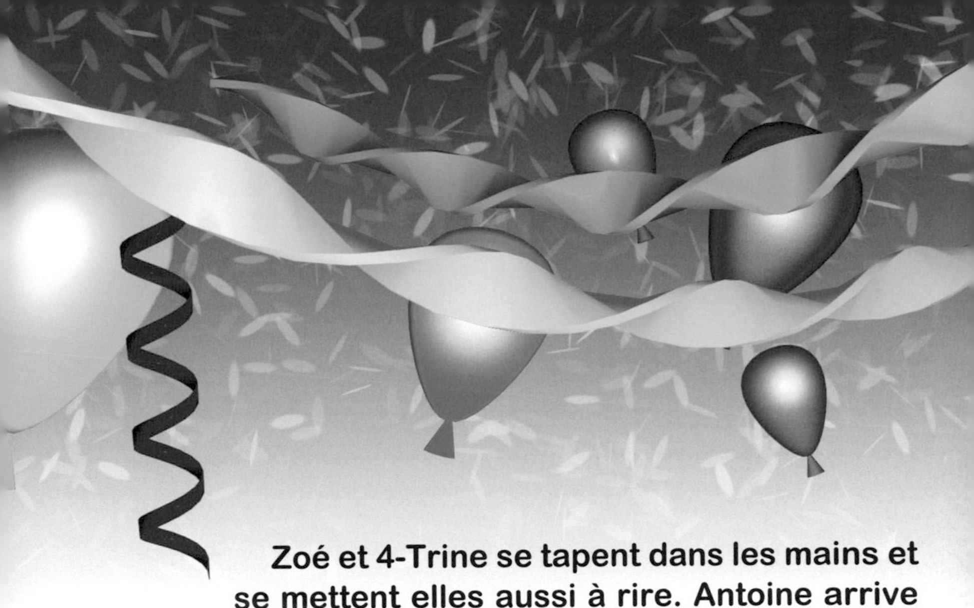

Zoé et 4-Trine se tapent dans les mains et se mettent elles aussi à rire. Antoine arrive près d'elles en tenant dans sa main... **LE COUSSIN-PROUT !**

Les yeux de Zoé s'agrandissent.

— Mais qu'est-ce que tu fais avec ça ? lui demande 4-Trine.

— Pardonnez-moi, mais je trouve que ce n'est pas drôle de jouer ce genre de tour aux gens.

— Mais si c'est toi qui as le coussin, réalise tout à coup Zoé, ça veut dire que Raphaël a réellement...

— **OH NON !** fait 4-Trine. PARTONS D'ICI AVANT QUE LE VENT CHANGE DE CÔTÉ !!!

Il est déjà 21 h 55 ! C'est fou comme le temps passe lorsque nous avons du *FUN* !!!

DU *FUN* ! reprend 4-Trine. Comme tu dis. Il y a une bande dessinée de Poupoulidou sur la table à pique-nique là-bas...

Poupoulidou PART 5

TRÈS TRÈS JALOUX, POUPOULIDOU OBSERVE LA PLANÈTE TERRE... IL DÉSIRE PLUS QUE TOUT...
LA DÉTRUIRE !

IL DÉCIDE ALORS DE LUI LANCER DES CAILLOUX DE TOUTES SES FORCES...

C'EST UN GESTE STUPIDE !

TRÈS STUPIDE !

CAR LA GRAVITÉ DE SA PLANÈTE A TRANSFORMÉ LES CAILLOUX EN UNE PLUIE DE MÉTÉORITES SUPER DANGEREUSE.

POC !
POC !

RÉSULTAT : LA CONFIGURATION FACIALE DE POUPOULIDOU A SUBI DES MODIFICATIONS MAJEURES...

— Il est temps de mettre notre plan à exécution, déclare Zoé.

— **OUAIP !** c'est le moment d'offrir notre PETIT CADEAU à Roxanne, tu veux dire, reprend 4-Trine.

— **YEP !**

— Est-ce que tout le monde a été prévenu ? demande Zoé.

— Oui ! j'ai téléphoné à Béatrice, qui elle, a appelé Léa, qui elle a... enfin le jeu du téléphone. Tu sais, la façon habituelle que nous utilisons pour répandre les potins à nos amis...

— Alors tout est prêt, c'est le grand moment, **ALLONS-Y !**

Zoé et 4-Trine déambulent, l'air de rien, à la recherche de Roxanne. Pas facile de la trouver entre tous ces jeunes costumés.

— ELLE EST LÀ ! Sur la piste de danse, s'exclame Zoé.

4-Trine exécute quelques pas et parvient, malgré la foule de danseurs, à rejoindre Roxanne.

— Nous voulons te parler ! lui crie-t-elle dans l'oreille.

Roxanne fait oui de la tête et la suit.

— Nous avons une idée ABSOLUMENT GÉNIALE ! lui dit Zoé. Nous allons tous jouer au jeu du *Secret ou châtiment* !

— OUAIS ! se réjouit Roxanne... ET QUE LA FÊTE CONTINUE !!!

YAHOOOUUU !

Zoé fait cesser la musique et 4-Trine réunit tout le monde près de la scène.

— DITES-MOI ! crie-t-elle. EST-CE QUE VOUS VOUS AMUSEZ ???

OOOUUUUaaISSSSS !!!

répond très fort la foule de jeunes...

— Eh bien ! ce n'est pas terminé, car maintenant nous allons TOUS jouer à *Secret ou châtiment*. Je vous explique. J'ai ici trois boîtes. Dans celle-ci, il y a les noms de tout le monde inscrits sur des bouts de papier. Dans la deuxième boîte se trouvent un tas de questions indiscrètes et TRÈS PERSO ! Dans la troisième se trouvent une foule d'IGNOBLES châtiments. Je vais piger un nom AU HASARD ! Si c'est ton nom, tu

devras venir piger une question dans la deuxième boîte. Si te ne veux pas répondre à cette question et nous révéler un secret, tu devras alors piger un châtiment, et là... TU N'AS PAS LE DROIT DE REFUSER !!!

OH ! OH !

4-Trine plonge la main dans la première boîte et prend un petit papier qu'elle déroule aussitôt...

— Eh bien, nous débutons TRÈS FORT ! annonce-t-elle à tout le monde. Notre première VICTIME est... ROXANNE !!!

YAHOOOUUU !

— OUF ! quelle chance nous avons eue ! pense Zoé. Le premier nom pigé est celui de Roxanne. NOUS SOMMES VRAIMENT CHANCEUSES !!!

Roxanne sourit et se dirige vers Zoé, qui lui présente la boîte des questions indiscrètes. Roxanne pige un papier et baisse la tête après l'avoir lu.

Zoé lui enlève le papier et le lit à voix haute.

— LA QUESTION EST : « ROXANNE, QUEL GARÇON TROUVES-TU TROP MIGNON À L'ÉCOLE ? »

Roxanne rougit et reste silencieuse. Quelques secondes passent, et, finalement, elle plonge la main dans la boîte des châtiments.

Tous les garçons la huent...

CHOOOOUUUUUUUU !

Zoé prend le papier pigé par Roxanne.

— VOICI LE CHÂTIMENT ! annonce-t-elle. Tu dois aller TOUTE SEULE jusqu'au ruisseau dans la forêt ... et en revenir avec une petite pierre mouillée en guise de preuve.

OUAAAH !

Roxanne grimace de peur...

— ALLEZ !

Roxanne se dirige lentement vers les grands arbres noirs, sous les regards de tous. Son cœur bat très fort. Elle se ressaisit, prend une grande inspiration et se dirige d'un pas décidé vers le ruisseau, prête à accomplir sa mission.

Le sombre petit sentier, qui le jour est si joli, arbore le soir un air très lugubre. Devant elle, un arbre avec une forme vraiment étrange. Les clapotis du ruisseau se font soudain entendre. Elle approche.

— J'ai tellement peur, s'avoue-t-elle. J'aurais dû prendre n'importe quelle pierre à l'entrée de la forêt et cracher dessus pour la mouiller. Ils m'auraient crue... JE REGRETTE !

Le ruisseau est juste devant elle. Roxanne se penche, plonge la main dans l'eau et prend une petite roche avec le bout de ses doigts.

VOILÀ !

À la fête, Zoé explique aux autres.

— Mon frère Alex, déguisé en extraterrestre, va lui flanquer la frousse de sa vie.

— Il y a même une soucoupe volante, gracieuseté de notre ami Antoine, l'escargot qui ne sent pas bon.

Dans la forêt, comme Roxanne allait revenir, un son étrange se fait entendre...

OUIOUU ! OUIOU ! OUIOU !

— Qu'est-ce que c'est que ce bruit ?

Elle observe tout autour d'elle et aperçoit une curieuse lueur verte près de la clairière. Elle écoute et décide de s'approcher. Entre les arbres, elle découvre avec stupeur un très gros objet rond avec beaucoup de petites lumières qui clignotent... UN VAISSEAU SPATIAL !

UN VRAI !!!

Prise de panique, elle sait maintenant que, MALHEUREUSEMENT, elle n'est pas toute seule dans la forêt. De peur d'être prise en chasse, elle recule lentement et emprunte sans courir le sentier. Au milieu, l'arbre aux formes étranges qu'elle avait remarqué plus tôt... SE MET À AVANCER !

CE N'EST PAS UN ARBRE ! C'EST UN EXTRATERRESTRE !!!

Deux yeux lumineux apparaissent et de longs bras se tendent pour l'attraper.

Roxanne tombe à la renverse. Le terrifiant extraterrestre avance rapidement vers elle. Elle glisse sur le dos jusqu'à un gros tronc d'arbre qui l'arrête net. L'extraterrestre grogne...

GRAOOOUUUU !!

Dans sa main, Roxanne n'a pas lâché la petite roche du ruisseau. Elle observe avec une peur incroyable l'horreur qui s'approche toujours.

— AU DIABLE CE FOUTU JEU !

Elle s'élance et envoie de toutes ses forces la roche qui atteint l'extraterrestre en plein sur son HORRIBLE tête ...

POC !

— RETOURNE SUR TA PLANÈTE FACE DE MOUCHE !!!

Le monstre titube...

C'EST LE MOMENT !!!

D'un seul bond, elle se relève et court le plus vite qu'elle peut entre les arbres jusqu'à la sortie de la forêt où l'attendent Zoé et 4-Trine.

ARRÊTE DE COURIR !!!

— BONNE FÊTE ! lui hurlent-elles. Cette peur que tu viens d'avoir est notre cadeau.

— QUOI !!! fait Roxanne, à bout de souffle.

— NON ! ce n'était pas un vrai martien, c'était juste mon frère Alex sous un de ses EFFROYABLES costumes.

Roxanne se ressaisit quelques secondes puis finit par sourire.

— MAIS VOUS ÊTES COMPLÈTEMENT FOLLES ! s'exclame-t-elle. J'ai eu... SUPER PEUR !!!

— C'est justement ce que nous voulions t'offrir, ajoute Zoé, à toi qui as tout.

LA PEUR DE SA VIE

Autour d'eux, tous les jeunes se rassemblent et applaudissent...

CLAP ! CLAP ! CLAP ! CLAP !

QUELLE FÊTE !!!

Dans la maison, le téléphone sonne...

BILOU ! BILOU ! BILOU ! BILOU !

Le père de Roxanne répond.

— C'est la plus belle fête que j'aie jamais eue, réalise Roxanne. Merci mes amis, vous serez mes amis... POUR TOUJOURS !

Roxanne fait l'accolade à Zoé et 4-Trine.

Du balcon de la maison, le père de Roxanne appelle.

— ZOÉ ! crie-t-il. C'est ton frère Alex. Il veut te parler.

Zoé et 4-Trine accourent.

Elles attrapent le combiné et elles y collent toutes les deux une oreille.

— ALEX ! crache Zoé, tout excitée. Tu as été *sensass*. Elle a marché, tu ne peux pas croire à quel point. Elle a eu une de ces frousses! Elle va s'en souvenir pour le reste de ses jours.

MERCI GIGANTESQUEMENT !

— EUH, OUI ! bafouille Alex à l'autre bout du fil. Je veux m'excuser et j'espère que tu ne m'en voudras pas. Je n'ai pas pu me rendre à la fête de Roxanne, car j'ai eu un accident avec ma moto, rien de grave, seulement un accrochage, mais je suis vraiment désolé de ne pas y être allé...

Zoé et 4-Trine lèvent les yeux au ciel lorsqu'un objet lumineux passe en zigzaguant au-dessus de la forêt...

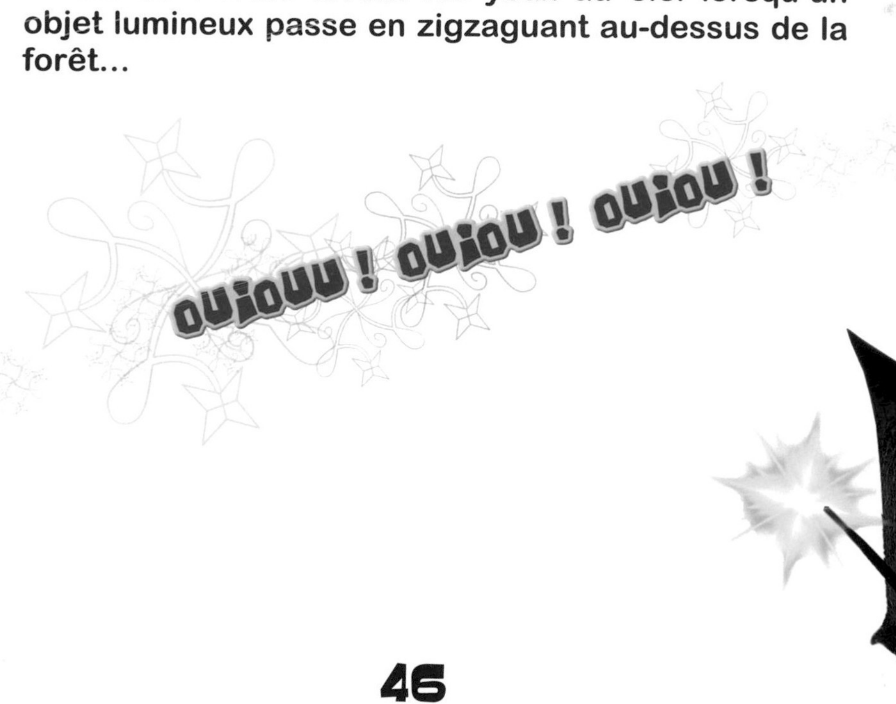

fin